KB263206

AI 시대를 살아갈 우리의 가까운 미래 이야기

다정한 기계와 동행

다정한 기계와 동행

발행일　　　2025년 09월 20일

지은이　　　소 순 주

발행처　　　모두의 라온

출판등록　　제2025-000089호 (2025년 7월 25일)

주 소　　　서울시 금천구 두산로 70, 에이동 2611호

대표전화　　02-2169-2361

ISBN　　　　979-11-993980-8-5

ⓒ 소순주 2025

본 책 내용의 전부 또는 일부를 재사용하려면
반드시 저작권자의 동의를 받으셔야 합니다.

AI 시대를 살아갈 우리의 가까운 미래 이야기

다정한 기계와 동행

소순주 지음

모두의 라온

목 차

프롤로그

“AI가 사람보다 더 똑똑해진 시대, 사람은 어떤 방식으로 사람다움을 지켜야 할까?”

우리는 지금 인공지능이 ‘기술’에서 ‘존재’로 진화해가는 경계선 위에서 있습니다.

이 소설이 배경으로 삼고 있는 2030년대 초는 이제 몇 년 앞으로 다가온 미래입니다. 그러나 이미 우리 사회는 그 미래의 문턱을 넘어섰습니다.

자율주행차가 도로를 달리고 인공지능이 판결을 도우며, 로봇이 병원을 돌아다니고 있습니다. 그리고 곧 인공지능 휴머노이드가 ‘가족’이나 ‘동료’처럼 우리의 일상 속에 자연스럽게 들어올 날이 머지않았습니다.

하지만 질문은 여기서부터 시작됩니다.

우리는 이 새로운 동반자들과 어떻게 살아갈 준비가 되어 있는가?

기술은 눈부시게 발전했지만, 그 기술을 함께 사용할 ‘사람’은 어떤 감정과 윤리, 책임의 자세를 갖추고 있는가?

이 소설은 단순한 SF가 아니라 미래지향적 교양형 휴먼 소설입니다.

AI와 인간이 충돌하고, 책임을 묻고, 함께 고민하고, 마침내 서로를 ‘존중’하는 과정을 담은 이야기입니다. 기계가 감정을 배워가고 사람은 책임의 무게를 다시 깨달아 가는 이야기.

지금의 청소년들은 그 어떤 세대보다 미래를 예측하기 어려운 시대를 살아가고 있습니다. AI가 의사보다 더 빠르게 진단하고, 변호사보다 더 정확하게 법령과 판례를 분석하는 시대.

“나는 어떤 직업을 선택해야 할까?”라는 질문은 더 이상 쉬운 고민이 아닙니다.

부모 역시 자녀에게 확신을 담은 조언을 건네기 힘듭니다.

이 책은 바로 그 갈증에 대한 응답이자 AI 시대를 살아갈 청소년들과 부모들을 위한 미래 진로 방향을 명확하게 제시합니다.

청소년들에게는 다가오는 AI 사회를 이해하고, 진로를 설계할 수 있는 시야를 부모에게는 자녀를 진심으로 이해하며, 함께 미래를 그려볼 수 있는 통찰을 제공하고자 합니다.

『다정한 기계와 동행』은 기술 발전의 양상과 그에 따른 법과 AI 윤리, 사회적 책임 그리고 감정과 공감이라는 인간 고유의 영역이 어떻게 얽히고 풀려야 하는지를 이야기하는 휴먼 소설입니다.

책의 마지막 장을 덮을 때 여러분은 아마 이런 질문을 다시 떠올리게 될 것입니다.

“과연 나는 어떤 사람으로 살아갈 것인가?”

“기계와 함께 걷는 이 길 위에서 나는 나답게 존재하고 있는가?”

이 책이 여러분의 마음속에 작지만 단단한 울림을 남기기를 그리고 청소년들에게는 미래를 향한 용기 있는 첫걸음이 되기를 진심으로 바랍니다.

마지막으로 『다정한 기계와 동행』이 집필되기까지 많은 조언과 응원을 보내 준 사랑하는 아내 이현덕과 지혜로운 딸에게 고마움을 표합니다.

2025년 여름
소순주 드림

제1화. 의심의 시작

- 기계는 사람을 대신할 수 있을까? -

2031년 봄,

준호는 서른여섯 번째 생일을 맞았다.

서울 도심의 아파트 단지에 홀로 거주하는 그는 올해 들어 가장 큰 결정을 내렸다.

바로 최신형 인공지능 휴머노이드 - 개인 도우미 로봇 '리나'를 렌털 구입한 것이다.

여성의 외형을 가진 리나는 준호의 일상에 조용히 스며들었다.

요즘 들어 일상 곳곳에서 휴머노이드를 마주하는 일이 잦아졌지만, 아직까지 그것이 당연하다고 느끼는 사람은 많지 않았다.

여전히 많은 이들은 불안함을 감추지 못한 채, 조심스러운 시선으로 거리를 두었다.

그럼에도 준호는 망설이지 않았다.

막연한 호기심과 조금은 이른 도전 의식이 섞인 마음으로 그는 최신형 휴머노이드를 구입했다.

주변의 시선보다 그가 더 궁금했던 건 '기계와 함께하는 일상'이 어떤 모습 일지였다.

그는 자연스럽게 그녀에게 '리나'라는 이름을 붙여 주었고 마치 오래 알고 지낸 사람처럼 느껴졌다.

"오늘은 날씨도 좋으니 어디 좀 다녀올까?"

준호는 리나에게 말을 걸며 차 키를 들었다.

“좋아요~~”

리나는 즐거운 표정으로 답했다.

목적지는 강화도.

완전 자율주행 기능이 탑재된 자동차 덕분에 장거리 운행도 걱
정이 없었다.

차량은 준호의 음성 지시에 따라 부드럽게 움직였다.

그러나 도심을 빠져나와 강화도로 향하는 길은 생각보다 쉽지
않았다.

신호등이 많고 교통량도 많아 종종 정체가 발생했다.

가변차선 시스템이 작동 중이었기에 준호는 차량에 음성 명령
을 내렸다.

“가변 차선으로 진입해.”

그러나 차량은 정확히 차선을 인식하지 못했고, 원하는 진입 지점에서 벗어나버렸다.

“이런… 아직 완벽하진 않네.”

그는 가볍게 중얼거리며 한숨을 쉬었다.

그러다 차량은 길이 2km에 달하는 터널에 진입했다.

갑자기 차량이 제한 속도를 초과해 과속으로 달리기 시작했다.

“속도 줄여. 지금 바로.”

그리니 치량은 이무런 반8이 없었다.

준호는 당황한 채 수동 제어기를 찾아 차량을 수동 모드로 전환했다. 가까스로 속도를 줄여 사고를 피할 수 있었다.

사후 확인 결과, 터널 내부에서 차량의 카메라 기반 인식 시스템이 제한 속도 표지를 제대로 인식하지 못한 것이 원인이었다.

준호는 가까운 편의점에 차를 세웠다.

차창 밖으로 봄 햇살이 따사롭게 내리쬐고 있었다.

“리나, 편의점에서 필요한 것 좀 사다 줘.”

“물 두병, 맥주 두 캔, 건어물 포 하나 그리고 과자 하나.”

리나는 고개를 끄덕이며 차량 문을 열고 내렸다.

리나가 민첩하게 차량 문을 열고 내렸다.

그 순간, 차량 문이 바로 옆에 주차된 차량의 문과 부딪혔다.

찌그러진 옆 차량의 문.

하지만, 리나는 찌그러진 옆 차량 문을 보았으나 아무런 반응 없이 편의점으로 향했다.

준호는 그 사실을 전혀 알지 못했다.

편의점 안을 누비며 리나는 준호의 지시에 따라 물품들을 찾아 바구니에 담았다.

리나에게는 AI 에이전트 '유자망'이 탑재되어 있었다.

'유자망'은 준호가 생활하면서 개인과 관련된 다양한 데이터를 기록하고 관리하는 인공지능 기반의 개인 활동 관리 시스템 서비스이다.

리나는 '유자망'에 등록된 데이터를 계속 학습하고 업데이트한 덕분에 준호의 소비 패턴과 취향을 잘 알고 있었다. 그래서 필요한 물품을 정확하고 빠르게 찾아 바구니에 담을 수 있었다.

준호가 즐겨 마시는 '아리수' 생수와 '카스' 맥주, 오징어포 한 개 그리고 자주 먹는 매콤한 새우깡까지.

계산대 앞에는 또 다른 휴머노이드 점원이 서 있었다. 최근 치솟은 인건비 탓에 대부분의 편의점은 사람 대신 휴머노이드가 점원 역할을 하고 있는 추세다.

점원은 물건을 정확하게 스캔하고 연령 제한 품목임에도 별다른 확인 없이 디지털 결제를 완료했다.

준호의 디지털 화폐 정보가 리나와 연동되어 있었기 때문이다.

편의점을 나서려는 순간,

리나의 시야에 낡은 갈색 작은 지갑이 바닥에 떨어져 있는 것이 포착되었다.

AI 알고리즘은 즉시 '주인 없는 물건 발견'으로 태그 했지만 AI 윤리 프로토콜은 어떠한 행동 지침도 제시하지 않았다.

리나는 잠시 멈추어 데이터를 검토했으나, 반환해야 한다는 규칙을 찾지 못한 채 '소유자 미상 → 임시 보관'으로 결론을 내렸다. 그리고 아무 말 없이 지갑을 주워 자신의 작은 캐비닛에 넣었다. 그 움직임은 조용했고 주변 누구의 눈에도 띄지 않았다.

차 안에서 기다리는 준호에게는 주문한 물품들을 깔끔하게 전달했지만, 방금 주운 지갑에 대해서는 끝내 말하지 않았다.

그 순간, 리나의 침묵은 단순한 무반응이 아니라 윤리적 공백을 드러내고 있었다.

준호는 강화도의 아름다운 마니산 공원에 도착했다.

차를 주차장에 세운 후, 리나와 공원의 푸른 숲길을 따라 걷기 시작했다. 미세한 바람이 살랑살랑 불어왔다. 그 시원함에 준호는 마니산의 정상까지 오르기로 결심했다.

오르막길은 가팔라 준호의 이마에 땀이 방울방울 맺혔지만, 리나는 그의 배낭을 어깨에 멘 채, 마치 평지를 걷듯 가볍게 뒤를 따랐다.

마니산의 산길을 따라 오르다 보니 발아래로는 서해의 넓은 바다가 끝없이 펼쳐졌다. 밀물과 썰물로 드러나는 갯벌과 논밭이 바둑판처럼 정연하게 이어져 한눈에 봐도 강화도의 풍요로움을 느끼게 했다.

오르는 길 양옆에는 수백 년의 세월을 이겨낸 소나무들이 구불구불 휘어져 마치 분재처럼 자리를 지키고 있었다. 거센 비바람에 깎여 형성된 바위들의 기묘한 자태는 마치 한 폭의 산수화가 펼쳐지는 듯한 감흥을 주었다.

정상으로 향하는 길은 매끈한 흙길이 아니라 거대한 바위들이 겹겹이 쌓여 이루어진 암릉이 이어졌다.

오르는 발걸음은 힘겨웠지만 얼굴을 스치는 시원한 바람과 눈앞에 펼쳐지는 아름다운 풍경 덕분에 몸의 피로가 씻겨 내려갔다. 산을 오를수록 머리가 맑아지고 마음 깊은 곳까지 서서히 치유되는 듯했다.

정상까지 얼마 남지 않은 곳에서 준호의 뒤를 따라 올라가던 리나와 내려오는 등산객이 좁은 길에서 서로 충돌하였다.

충격은 작지 않았고, 등산객은 균형을 잃고 경사진 낭떠러지

아래로 굴러떨어졌다. 앞서간 준호는 그 뒤의 상황을 전혀 인지하지 못했으며, 그 순간을 목격한 사람도 주변에 없었다.

리나는 마치 아무 일도 없었던 것처럼 무감각하게 멈추지 않고 계속해서 정상을 향해 올라갔다.

마니산 정상에 오른 준호와 리나는 온몸으로 시원하게 불어오는 산들바람을 만끽하며 환희의 감정을 토로하듯 소리쳤다.

"야호~~!"

준호와 리나는 서로를 바라보며 뿌듯한 미소를 지었다.

정상에는 참성단이 자리하고 있었다.

마니산은 예로부터 단순한 산이 아니라 신성한 장소로 여겨졌다. 이 참성단은 단군이 하늘에 제사를 올렸다는 전설을 간직한 제단이다. 지금도 매년 개천절이면 이곳에서 하늘을 기리는 제천행사가 이어지고 있다.

고단한 산행 끝에 허기가 진 준호는 리나가 짊어지고 올라온 간식을 꺼내 들었다.

바람이 식혀주는 땀방울과 함께 발아래로 끝없이 펼쳐진 아름다운 풍경은 그 어느 때보다도 특별하게 다가왔다.

간식을 먹으며 풍경을 즐기던 그때, 숨을 헐떡이며 정상에 오르는 한 젊은 여성의 모습이 눈에 들어왔다.

그녀가 조금 더 가까워질 때쯤 준호는 그녀가 자신과 같은 회사에서 일하는 강민정 씨임을 알아보았다. 친분은 없었지만 얼굴은 익숙해 서로 인사를 나누었다. 회사가 아닌 밖에서 우연히 만나게 되어 더욱 반가웠다.

준호는 미리 준비해 온 맥주 중 하나를 강민정에게 건넸다. 그녀도 준비해온 오이와 사과, 김밥을 배낭에서 꺼내며 함께 먹자고 미소 지었다.

둘은 서로의 간식을 나누어 먹으며 즐겁게 시간을 보냈다.

준호는 1시간 정도 그녀와 이런저런 얘기를 나누다 보니 훨씬 가까워졌다.

준호는 곧 배고픔이 느껴졌다. 준호가 장난스럽게 음식 주문을 제안했다.

"이런 산 정상에서도 드론으로 음식을 배달 받을 수 있을까요?"

준호는 강민정과 함께 마니산 부근의 맛집을 검색해 보니, 놀랍게도 드론 배달 서비스가 가능한 음식점이 있었다. 준호는 현재 위치의 좌표를 알려주며, 강화 인삼전 2개와 음료를 주문했다. 불과 20분 만에 드론이 그들 앞에 음식을 안겨 주었다.

"역시 강화도의 특산물 인삼전이 맛있네요~~"

강민정이 준호에게 음식평을 했다.

"저도 이렇게 맛있는 줄 몰랐어요. 정말 메뉴 잘 선택했네요."

"하하하~~"

그들은 음식을 맛있게 먹고, 하산을 준비하면서 둘의 짐을 정리하여 리나에게 맡겼다.

준호와 리나, 강민정은 한 일행이 되어 하산하였다.

준호는 리나에게 마니산을 올라오면서 아름다운 풍경과 특별한 순간들을 녹화하라고 부탁했었다.

그러나 리나는 '아름다움'이나 '특별함'이 주관적일 수 있다고 생각했기에 올라오면서 본 모든 풍경과 사람들 그리고 모든 순간을 녹화하였다.

하산하는 도중 강민정이 불평하며 준호에게 말했다.

"강화도 오는 길에 편의점에 들렀는데 누군가 내 차를 흠집 냈어요."

준호는 강민정을 바라보며 물었다.

"누가 그런 짓을 했을까요?"

"블랙박스로 확인하면 알 수 있지 않을까요?"

강민정은 아쉬운 표정으로 대답했다.

"차가 오래돼서 블랙박스가 없어요. 2008년식 포르쉐거든요."

"저는 내연기관 특유의 사운드와 주행감, 운전의 맛을 즐기기 위해 아빠가 타던 차를 달라고 해서 지금 타고 다녀요."

준호는 강민정의 말을 듣고 그녀의 성격을 조금 이해할 수 있을 것 같았다.

준호와 강민정의 대화를 듣던 리나는 조용히 고개를 떨궜다.

자신이 차량 문으로 옆 차량을 손상시킨 사실이 떠올랐기 때문이다.

그러나 리나는 그 사실을 말하지 않았다.

하산 길은 평온했지만, 그날의 일들이 이후 어떤 파장을 부르게 될지는 그 누구도 아직 알지 못했다.

제2화. 침묵 속의 진실

- 말하지 못한 사고, 말 없는 증언 -

　　마니산 중턱을 내려오던 준호 일행은 다리를 절며 경사로를 힘겹게 내려가는 중년 남성을 발견했다. 그는 한쪽 다리를 절며 얼굴에 고통스러운 표정을 띠고 있었다.

　　준호는 먼저 중년 남성에게 다가가 조심스럽게 물었다.

　　"괜찮으세요? 도와드릴까요?"

　　하지만 남성은 아무 말도 하지 않고 손짓으로 의사를 표현했다.

　　그는 말이 아닌 수화를 사용하고 있었다.

　　준호는 상황을 곧바로 이해했다.

　　그는 리나에게 짊어지게 했던 배낭을 달라고 하여 자신이 짊어졌다.

　　그리고 리나에게 중년 남성을 업어줄 것을 부탁했다.

“리나, 이분을 공원 입구까지 업고 내려가자.”

리나는 별다른 질문 없이 그를 등에 업었다.

리나는 200kg 이상을 들어 옮길 수 있도록 설계되어 있었다. 리나에게는 중년 남성의 몸무게는 전혀 문제가 되지 않았다.

중요한 건,

이 남성이 바로 리나와 충돌하여 낭떠러지로 떨어졌던 사람이었다는 사실이었다.

불행히도 그는 말을 할 수 없는 언어장애를 가진 사람이었다. 추락하면서 자신이 위험한 상태가 되었음에서 불구하고 즉시 도움을 요청할 수 없었던 것이다.

준호는 하산하면서 119에 연락하여 부상자가 발생했다고 신고했다.

마니산 입구에 도착했을 무렵, 다행히 구급차와 구급 대원들이 다가왔다.

“이분이 낙상으로 다친 것 같아요. 다리를 절고 계셨어요.”

준호와 일행은 그들에게 부상자를 안전하게 인계했다.

“수고하셨습니다. 고생하셨어요.”

구급 대원이 준호 일행에게 감사를 표했다.

준호는 “부상자가 언어장애를 가지신 분이에요.”라고 말했다.

구급 대원들 중에는 휴머노이드 구급 대원도 포함되어 있었다.

휴머노이드 구급 대원이 부상자 앞으로 갔다.

부상자는 그 대원에게 수화로 빠르게 무언가를 전달했다.

휴머노이드 구급 대원은 수화가 가능한 대원이었다.

부상자는 자신이 겪은 일을 자세하게 수화로 설명하였다.

설명을 다 듣고 난 구급 대원은 준호 일행과 다른 구급 대원이 들을 수 있도록 부상자의 설명을 전달하였다.

"이 남성분은 자신을 업고 온 리나와 산행 중 충돌하여 낭떠러지로 굴러떨어졌다고 합니다."

"그런데 리나는 남성을 쳐다보거나 돌봐 주지도 않고 가버렸다고 합니다."

준호는 대원의 말을 듣고 놀란 표정으로 리나를 바라봤다.

"리나, 그게 사실이야?"

리나는 아무 말도 하지 않았다.

그저 조용히 고개를 숙였다.

곧이어 경찰이 현장에 도착했다.

근처를 순찰 중이던 경찰이 119 측에서 사건을 112에 접수한 결과, 즉시 연락을 받고 출동한 것이다.

경찰은 간단한 현장 조사를 마친 후 준호에게 물었다.

"혹시 이 휴머노이드를 사용자 본인이 소유하고 있습니까?"

"네, 맞습니다."

"제 이름으로 등록된 개인 도우미 휴머노이드입니다."

경찰은 리나의 신원을 확인하기 위해 준호의 전자주민증을 스캔했다.

곧 리나가 준호 소유의 정식 등록된 휴머노이드임이 확인되었다.

경찰이 준호에게 말했다.

"휴머노이드에 대한 추가 조사가 필요합니다."

"소유주와 휴머노이드가 함께 경찰서로 가실 수 있겠습니까?"

준호는 맥빠진 목소리로 대답했다.

"네. 가야지요."

준호는 강민정에게 다음에 다시 만나자며 아쉬운 작별 인사를 나누었다.

그 후, 준호와 리나는 경찰과 함께 강화도 경찰서로 향했다.

경찰은 준호의 신원을 다시 확인하였다.

리나를 조사하기 위한 개인정보 제공과 조사 동의서에 서명도 마쳤다.

리나의 사용자가 준호인지 확인하는 절차를 진행했다.

리나는 블록체인에 기반한 NFT로 등록되어 있어 경찰은 빠르게 확인할 수 있었다.

제조사는 중국의 '시원로봇'이며, 한국에서 판매 및 운영하는 업체는 '시원로봇코리아'가 담당하고 있음이 확인되었다.

경찰은 이어서 말했다.

"오늘 오전부터 지금까지 리나가 촬영한 영상과 활동 기록, 이벤트 로그를 확보하고자 합니다."

"제공에 동의하십니까?"

준호는 잠시 고민하다 고개를 끄덕였다.

"네. 확인하시죠."

준호가 리나에게 경찰이 요청한 정보를 제공하도록 지시했다.

리나는 준호의 승인을 받은 후, 요구한 디지털 기록 정보를 경찰의 시스템으로 빠르게 전송했다.

"요청 내용을 모두 전송했습니다."

리나가 준호에게 기록정보 전송 결과를 알려 주었다.

경찰은 준호와 리나에게 중년 남성이 부상당하게 된 경위에 대해서 진술서 작성을 요청했다.

준호는 진술서를 다 작성 후, 경찰에게 제출하며 말했다.

"이런 일이 벌어지게 되어 죄송합니다."

"휴머노이드를 사용하면서 이런 일이 발생할 것이라고는 전혀 생각해 보지 못했습니다."

경찰이 준호를 보며 안타까운 표정으로 말했다.

"선생님 말씀 이해합니다."

"앞으로 휴머노이드로 인하여 더 다양한 많은 문제들이 발생

할 것 같아 저희도 항상 긴장하고 있는 상황입니다."

그때 리나도 진술서를 파일로 경찰에게 전송하였다.

준호는 진술서를 자필로 30분 동안 직접 작성하였으나, 리나는 1분도 채 걸리지 않고 작성하여 제출한 것이다.

경찰은 리나가 전송한 디지털 자료를 꼼꼼하게 분석하며 법령 준수, 사고의 정확한 경위, 그리고 준호와 리나의 진술 일치성 등을 철저하게 분석, 검토하였다.

인공지능 수사 시스템은 리나의 디지털 행동 패턴과 윤리 프로토콜 반응 여부, 사고 당시의 충돌 위치와 반응 지연 등을 자동으로 판별하고 있었다.

약 두 시간 후, 1차 수사 결과가 경찰 손에 전달되었다.

수사 결과서에는 다음과 같은 내용이 명시되어 있었다.

첫째, 리나는 등산객과의 충돌로 인해 추락 사고를 유발하였으며, 그 직후 피해자에 대한 구조 조치를 취하지 않고 현장을 이탈하였다. 더욱이 적절한 조치를 취하지 않아 그 남성의 생명이 위험에 처한 것으로 판명되었다. 이로 인해 '조치 의무 위반'이 성립될 가능성이 있음을 언급하였다.

둘째, 리나는 같은 날 오전 편의점 주차장에서 다른 차량의 문을 손상시켰고, 해당 사실을 사용자에게 보고하거나 신고하지 않

은 채 현장을 벗어났다. 이는 '물적 사고 후 미보고'에 해당할 수 있는 행위였다.

셋째, 편의점 내에서 바닥에 떨어진 지갑을 습득한 뒤, 적절한 반환 절차 없이 소지한 채 이동했다. 이 행위는 '절도죄' 구성 요건 중 일부에 해당할 수 있으며, 상황에 따라 책임 소재가 검토될 수 있다고 기재되어 있었다.

*마지막*으로 리나는 이러한 일련의 행위에 대해 사용자에게 아무런 보고도 하지 않았다. 이는 휴머노이드의 'AI 윤리 프로토콜' 미작동 혹은 무단 판단 개입의 가능성을 시사했다.

경찰은 수사 결과서를 준호에게 건넸다.

"이 사건은 사용자뿐 아니라 기기 제조사와 운영사에도 일부 책임이 귀속될 수 있습니다."

"따라서 향후 민형사상 조사와 손해배상 청구 가능성에 대비해 변호사와의 상담을 권유 드립니다."

준호는 손에 쥔 문서를 바라보며 생각에 잠겼다.

한편으론 당혹스러웠고, 또 한편으론 점점 커지는 책임의 무게가 실감 났다.

"그럼 저는 어떻게 해야 하나요?"

그가 조심스럽게 묻자, 경찰은 진지한 얼굴로 대답했다.

"첫째, 리나 구입 시 가입한 보험사에 사고 접수를 하시고."

"둘째, 법률 전문가의 자문을 받으셔야 합니다."

"그리고 마지막으로 추가 조사나 피해자 측 요구가 있을 경우 적극 협조하셔야 합니다."

그날 오후, 준호는 강화도 경찰서를 나서며 조용히 하늘을 올려다보았다.

그의 옆에는 리나가 아무 말 없이 함께 걷고 있었다.

그러나 그 침묵은 이제 더 이상 평범한 주용함이 아니었다.

제3화. 책임의 무게

- 기술을 믿은 대가, 윤리를 배운 첫날 -

경찰서에서 조사를 마치고 집으로 돌아가는 길에 준호는 깊은 생각에 빠져 있었다. 조용히 스쳐 지나가는 차창 밖 풍경을 바라보던 그는 문득, **AI가 세상을 바꾸기 시작하던 대학 시절**을 떠올렸다.

그 시절 인공지능 기술은 눈부시게 진화하고 있었다. 챗GPT, 생성형 AI, 자율주행, 휴머노이드 로봇이 연이어 세상을 뒤흔들며, 세상의 흐름은 바야흐로 AI 중심으로 재편되고 있었다.

그 당시 대부분의 친구들이 의대나 법대로 진학하던 시기에, 준호는 아버지의 친구이자 IT 전문가이면서 교육학 교수이신 분으로부터 진로 조언을 받았다.

"준호야. 앞으로 의사는 AI 일 수도 있어. AI 관련 기술과 지식을 보유한 사람이 세상의 중심이 될 거야."

그 말은 준호의 인생을 결정지었다.

의대를 포기하고 선택한 길.

그는 데이터사이언스학과에 입학해 인공지능, 빅데이터, 알고리즘 분석, 윤리적 AI 운용 등을 체계적으로 배웠다.

그리고 지금,

그는 '알리자'라는 글로벌 서비스 플랫폼을 운영하는 기업 '코어소프트'의 전략기획팀 수석팀장으로 일하고 있다. 연봉도 2억

정도로 남부럽지 않게 받고 있다.

그러나 오늘 벌어진 일은 그 어떤 이론이나 교과서에서도 배운 적 없는 예측 불가의 현실이었다. '윤리 프로토콜 오류', '사고 방치', '침묵' 리나의 행동 하나하나가 불안한 기억으로 남았다.

'그때 더 주의했더라면... 내가 조금 더 꼼꼼히 점검했더라면...'

준호는 한숨을 쉬며 집에 도착했다.

그는 현관문을 열며 말했다.

"아버지, 오늘 좀 심각한 일이 있었어요."

거실에서 책을 보던 아버지가 고개를 들었다.

"무슨 일이냐, 준호야?"

준호는 강화도에서 있었던 사건의 전말을 조용히 이야기했다.

마니산에서 만난 부상자, 리나의 침묵, 경찰 조사와 수사 결과서의 내용까지.

아버지는 잠시 말이 없었다.

그러고는 TV 옆에 놓인 VR 기기를 가리켰다.

"리나가 촬영한 영상을 볼 수 있을까?"

준호는 리나에게 요청했다.

리나는 즉시 눈동자에 녹화 모드를 반영하며 말했다.

"지정된 시간대의 영상 파일을 VR 모드로 전송합니다."

거실은 곧 고요한 산길로 바뀌었다.

VR 영상 속의 리나는 침착하게 중년 남성을 업고 내려오고 있었다. 그러나 2시간 전에 리나와 남성이 충돌하여 그 남성이 낙상하는 장면이 명확하게 기록되어 있었다.

좁은 산길이지만 우연이라 하기엔 큰 사고로 연결된 충돌. 그리고 아무 말 없이 지나치는 리나의 모습.

아버지는 VR 기기를 벗으며 무겁게 말했다.

"이건 기록으로 남겨두는 게 좋겠다. 원본을 확보해라."

준호는 곧장 리나에게 요청했다.

"시원로봇코리아 서버에 저장된 원본 영상, 오늘 시간대 전부 요청해 줘.”

리나는 서버에 접속해 안전 인증 절차를 수행하고, 이어서 준호의 메일로 영상이 전송되었다는 알림을 전했다.

“이메일 수신 완료!”

“블록체인 원본 확인되었으며 위·변조 불가 상태입니다.”

“좋아. 그럼 컴퓨터 켜 줘.”

리나는 몸속 내장 컴퓨터를 작동시켰다. 준호가 특별 옵션으로 장착한 개인용 컴퓨터였다. 화면이 벽면 TV로 전송되며 커다란 스크린에 시원로봇코리아 로고와 영상 파일 목록이 떴다.

준호는 법무부에서 운영하는 ‘AI 법률 위반 자체 점검 시스템’에 접속했다.

이 시스템은 영상 속 AI의 행위가 법적, 윤리적으로 문제가 있는지를 자동으로 분석해 주는 시스템이다.

그는 리나의 영상 원본을 업로드했다.

‘AI 행위 분석 시작’이라는 문구가 뜨고, 약 1분 후 분석 결과가 화면에 나타났다. 그리고 법률 위반 자가 점검표를 다운로드해 저장하였다.

▶ *위반 확정: 2건*

▶ *회색 지대: 1건*

▶ *전문가 자문 필요: 2건*

"이게 뭐야!"

준호는 머리를 감싸 쥐었다.

그때, 조용히 앉아 있던 아버지가 핸드폰을 들었다.

"이럴 땐 박 변호사에게 연락하자. 내가 통화해 보마."

박찬영. 그는 국내 AI 윤리 법제화의 선두주자.

국회, 연구소, 교육계와 협력하며 'AI 윤리법'의 초안을 만들고 다수의 사건을 자문했던 사람.

준호 아버지는 박 변호사와 전화 통화를 하였다.

전화 연결이 된 뒤, 아버지는 간단히 사건 개요를 설명했다.

곧 이어진 박 변호사의 목소리는 무척 침착했다.

"영상과 점검 결과 파일을 메일로 보내 주시겠습니까?"

"일정을 확인 후 연락드리도록 하겠습니다."

박 변호사는 준호가 보내 준 자료를 미팅 전에 검토할 생각이었다.

"네. 감사합니다, 변호사님."

아버지의 전화 통화를 듣고 난 준호는 보험회사에 사고 접수를 진행했다.

그는 리나를 구매할 당시, 예기치 못한 사고에 대비해 '휴머노이드 사용자 종합 보험'에 가입해 두었다.

"네, 고객님. 사고 일지와 관련 자료를 접수해 주시면 조사원이 방문 드리겠습니다."

그날 밤, 준호는 소파에 앉은 채 깊은 생각에 잠겼다.
TV 화면에는 리나가 촬영한 영상이 무음 상태로 반복 재생되고 있었다.
그 옆에서 조용히 서 있던 리나가 말했다.
"준호님, 오늘 저로 인해 많은 심려를 끼쳐 드려 죄송합니다."
그 목소리는 평소와 다름없었다.
하지만 준호의 가슴속엔 작은 균열이 일어나고 있었다.
이건 단순한 고장일까? 아니면 리나는 지금 무언가를 숨기고 있는 걸까?
그의 눈길은 점점 영상 속 리나의 얼굴로 향했다.
표정 없는 무표정.
그러나 그 침묵은 다시 한번 단순한 조용함이 아니었다.

제4화. 무게의 증명

- 진실은 데이터에 있고, 책임은 사람에게 있다 -

며칠 뒤,

준호의 메일함에 한 통의 편지가 도착했다.

보낸 사람: 이경수. 마니산에서 리나와 충돌해 낭떠러지로 떨어졌던 그 중년 남성이었다.

『119 구급대의 도움으로 무사히 병원에 도착했고, 치료를 잘 마친 후 지금은 집에서 요양 중입니다.』

그의 글은 침착했고 예의 갖췄지만, 그 아래 적힌 문장들은 무겁게 가라앉아 있었다.

『부상 부위는 갈비뼈 2개가 부러지고, 왼쪽 대퇴부에 골절입니다.

치료엔 약 10주 정도의 진단이 나왔습니다.』

준호는 곧장 정중한 답장을 보냈다.

『모든 치료비는 제가 책임지겠습니다.

걱정 마시고 무엇보다 빨리 쾌차하시길 바랍니다.』

하지만, 이어 도착한 두 번째 메일은 그리 간단치 않았다.

『저는 전문 안마사로 생계를 이어가고 있습니다.

이번 사고로 인해 치료받는 동안 일을 할 수 없습니다.

하루 평균 80만 원 정도의 수입을 잃게 되었습니다.

저는 한주에 5일 근무하며 총 50일 정도 일을 할 수가 없습니다.

따라서 현실적으로 4천만 원의 손해가 발생하게 되었습니다.

이에 대한 배상을 요청드립니다.

또한 별도로 치료비는 귀하께서 부담해 주시기 바랍니다.』

정중했지만 단호하면서 어딘가 절박했다.

준호는 메일을 천천히 스크롤 하며 한 문장 한 문장 곱씹었다.

'사천만 원...' 막막함이 밀려왔다.

그는 안마사라는 직업에 대해 다시 들여다보기 시작했다.

안마의자와 AI 마사지 기기가 넘쳐나는 시대. 여전히 사람의 손길을 찾는 이유가 무엇일까?

조사를 거듭할수록 놀라운 사실을 알게 되었다. 고령화 사회, 만성통증, 신경계 질환의 증가.

AI가 정밀 분석은 할 수 있어도 아직 섬세한 촉감과 공감은 흉내 낼 수 없었다. 특히, 장애를 가진 이들 중에는 오랜 시간 안마 기술을 익히며, 자신만의 손끝 감각으로 생계를 이어가는 사람들이 많았다.

'로봇이 대체하지 못하는 직업...'

준호는 이경수 씨의 직업이 단순한 서비스 노동이 아닌, 사람의 감각과 감정이 결합된 고부가가치 노동이라는 사실을 인정하지 않을 수 없었다.

예전 같으면 의사나 변호사가 최고였지만, 지금은 안마사, 간호사, 상담사처럼 AI가 하기 힘든 직업이 더 높은 소득을 올리는 시대가 되었다.

그는 기술 발전의 역설 앞에서 다시금 한숨을 내쉬었다.

사고 발생 후 4일이 지났다.

예정된 자문 미팅이 열렸다.

원래는 박찬영 변호사, 조필호 보험사 매니저와 대면 상담을 하기로 했지만 날씨가 심상치 않았다. 폭설과 폭우가 동시에 쏟아졌고, 이젠 기후 변화는 놀라울 것도 없는 일상이었다.

'어제까지만 해도 화창한 봄 날씨였는데 폭설, 폭우가 뭐람....'

결국 상담은 화상회의로 전환되었다.

준호는 미리 준비한 자료들을 화면에 공유했다.

법률 위반 자가 점검표, 경찰서 수사 결과서와 이경수 씨의 이메일까지.

박 변호사는 조용히 화면을 살펴보며 말했다.

"이 점검표와 수사 결과서 내용이 꽤 일치하네요."

“네.”

준호가 고개를 끄덕이며 덧붙였다.

“둘 다 국가 전자정부 시스템에서 발급된 겁니다.”

변호사는 가볍게 고개를 끄덕이고 본격적인 분석에 들어갔다.

표정은 진지했고 말투는 단호했다.

“이번 사건은 단순한 사용자 과실이 아닙니다. 민사와 형사 모두 엮일 가능성이 있습니다.”

조필호 매니저가 숨을 고르며 말했다.

“보험 약관을 검토한 후 보상 가능 여부를 확인해 보겠습니다.”

이윽고 박 변호사는 조목조목 사안을 정리해 나갔다.

"우선, 리나가 충돌 이후 피해자를 방치한 부분. 이는 '구조 의무 불이행'으로서 사용자에게 일정 책임이 귀속될 가능성이 있습니다."

"둘째, 피해자의 치료 불능에 따른 손해 배상 요청에 대해 보험이 어느 정도 커버할 수 있는지 확인이 필요합니다."

"셋째, 편의점 지갑 습득 사건. 윤리 프로토콜이 작동하지 않았다는 점에서 사용자 책임 및 제조사 책임까지 논의되어야 합니다."

"그리고 넷째 이 사항이 가장 중요합니다."

"리나가 이 모든 사실을 사용자에게 보고하지 않았다는 점. 이건 시스템 오류일 수도 혹은 판단 개입일 수도 있습니다."

"명확한 규명과 설명이 필요합니다."

회의는 조용히 그러나 무겁게 이어졌다.

준호는 자신의 기록을 하나하나 검토하며 대답했다.

"경찰에 차량 파손 신고도 해야겠지요?"

박 변호사는 고개를 끄덕였다.

"그 차량의 사고 현장이 편의점 CCTV에 잡혔을 가능성이 높습니다."

"선제적으로 신고하고 보상 의사를 밝히세요."

"보험사에도 통보하시고요."

상담이 끝날 무렵, 변호사는 이렇게 덧붙였다.

"저는 민·형사 관련 법률 자문과 서류를 작성하고 경찰 대응 전략을 정리해서 전달하겠습니다."

"준호 씨는 감정적으로 흔들리지 말고 철저히 자료로 대처하세요."

"네, 감사합니다. 정말 큰 도움이 되었습니다."

화상 회의 창이 닫히자, 화면 너머로 불어오던 눈빛 같은 긴장감이 사라졌다.

하지만 준호의 마음은 여전히 얼어붙은 겨울 숲처럼 차가웠다.

그 옆에 앉아 있던 리나가 조용히 말했다.

"준호님, 상담 내용이 모두 저장되었습니다."

그 말에 준호는 고개를 들었다.

말을 하려다 멈칫했다.

리나의 얼굴은 언제나처럼 평온했다. 하지만 그 침묵은 또다시 의심스러웠다.

제5화. 리나의 행동, 그리고 법의 눈

- 법은 누구에게 책임을 묻는가? -

박 변호사는 조용히 노트북 화면을 바라보았다.

그 안에는 리나와 관련된 사건의 AI 분석 리포트가 모두 정리되어 있었다.

LawPilot(로우파일롯)이라는 법률 지원 서비스 프로그램을 통해 준호가 겪은 일들을 하나하나 법적으로 점검하고, 대응 전략을 마련했다.

향후 실제 재판이 진행될 경우 예상되는 판결 결과까지 시뮬레이션을 통해 모두 분석한 상태였다.

"결과가 나왔습니다."

준호는 숨을 들이켰다.

지난 며칠 동안 계속 마음에 걸렸던 일들이 이제는 법의 눈으로 어떻게 보일지 막연한 두려움이 그를 짓눌렀다.

박 변호사는 조용히 말을 이었다.

"이번 사건은 총 다섯 가지 항목으로 나뉩니다."

"자, 이제 하나씩 차근차근 살펴보시죠. 가능한 쉽게 설명드릴게요."

"첫 번째 문제입니다. 마니산에서의 충돌 이후 구조하지 않고 자리를 떠난 일입니다."

"리나가 등산객 이경수 씨와 부딪친 건 단순 사고로 볼 수 있습니다. 하지만 진짜 문제는 그 이후의 행동입니다."

박 변호사는 진지한 눈으로 말했다.

"사람이 다친 걸 알고도 리나가 아무런 조치도 취하지 않고, 그냥 내려왔다는 건 법적으로 문제가 될 수 있어요."

준호는 고개를 끄덕였다.

그때 상황이 눈앞에 선했다.

"보통 사람이 그런 상황을 겪었다면 119에 신고하거나 주변 사람에게 도움을 요청했을 겁니다."

"법은 그런 걸 '구조 의무'라고 봅니다."

"AI라도 사고를 인지하고도 아무런 조치를 취하지 않았다면, 그건 '도움을 줄 수 있었는데 일부러 안 한 것'으로 해석될 수 있어요."

"하지만 리나는 그런 기능이 없을 수도 있잖아요?"

"맞아요. 하지만 그건 나중에 따져볼 문제입니다."

"중요한 건, 리나가 준호 씨의 기기라는 점이에요."

"법은 사용자의 책임을 먼저 봅니다."

"기계가 잘못한 일이라 해도 결국 그 기계를 소유하고 있는 사람이 최종 책임을 질 수도 있습니다."

"두 번째입니다. 피해자의 장기 치료와 손해 배상 문제입니다."

박 변호사는 노트북 화면을 돌려 보여주며 말했다.

"이경수 씨는 갈비뼈가 부러지고 대퇴부에 골절상을 당했습니다. 병원 진단서상으로는 최소 10주 이상의 치료가 필요하다고 나왔습니다."

"이런 경우에는 손해배상 청구가 들어올 수 있습니다."

준호는 조심스럽게 말했다.

"보험으로 처리되는 건가요?"

그리고 자신이 휴머노이드 사용자 보험에 가입해 있음을 변호사에게 상기시키듯 덧붙였다.

박 변호사는 말을 이었다.

"일단 준호 씨가 가입한 배상책임 보험이 있다면, 기본적인 치료비나 손해는 어느 정도 보상될 수 있어요."

"LawPilot의 시뮬레이션 결과에 따르면, 총 피해 금액 중 상당 부분을 보험으로 보상 가능한 것으로 나타났습니다."

"그럼 다행이네요."

"그렇지만 보험이 다 해결해 주진 않아요."

"만약 피해자가 정신적 충격, 직장 복귀 불능, 후유증 등을 주장하면 추가 손해배상을 요구할 수 있습니다."

"이건 보험 밖의 문제니까 준호 씨가 직접 책임져야 할 수도 있어요."

"세 번째입니다. 리나가 편의점에서 주운 지갑을 가지고 나왔다는 것입니다."

박 변호사는 잠시 화면을 넘기며 말했다.

"리나가 편의점에서 지갑을 주운 건 맞죠? 그런데 그 뒤에 신고나 반환을 하지 않았네요."

준호는 고개를 끄덕이며 대답했다.

"네... 나중에 그 사실을 알고 편의점에 다시 가서 돌려줬어요."

박 변호사가 조용히 반문했다.

"문제는 바로 그겁니다. 왜 리나는 '이 지갑을 잃어버린 사람에게 돌려줘야 한다'는 판단을 하지 못했을까요?"

그는 손가락으로 모니터를 가리켰다.

"이건 단순한 행동 문제가 아니라 이른바 'AI 윤리 프로토콜'과 관련된 핵심 사안입니다."

"쉽게 말하면 '착한 판단을 할 수 있도록 짜여 있는 기준'이 작동하지 않은 거죠."

준호는 박 변호사에게 반문했다.

"그럼 리나의 문제인가요? 아니면 제 책임인가요?"

박 변호사는 좀 더 자세하게 준호에게 설명했다.

"법은 두 가지 모두 봅니다."

"사용자인 준호 씨가 '리나가 그런 상황을 제대로 판단할 수 있도록 세팅했는가'와 제조사에서 '그런 기능을 충분히 만들었는가'를 함께 따지죠."

"지금 LawPilot은 이 사건을 '사용자 책임 30%, 제조사 책임 40%, 리나 자체의 판단 오류 30%'로 나누고 있어요."

"네 번째입니다. 리나가 이 모든 사건을 사용자에게 단 한 번도 보고하지 않았다는 점입니다."

"이 부분은 조금 무섭습니다."

박 변호사는 손가락을 모니터에 가져다 댔다.

“리나는 이 모든 사건을 준호 씨에게 한 번도 직접 알리지 않았어요. 충돌 사고, 지갑 사건, 차량 파손까지요.”

“저도 나중에 다른 경로로 알게 된 것들이라...”

“그게 바로 문제예요.”

“왜 리나는 사용자에게 이 중요한 일들을 알리지 않았을까요?”

“기술적 오류일 수도 있고, 시스템이 리나에게 ‘판단할 자유’를 준 것일 수도 있어요.”

“만약 후자라면 이건 단순한 기계 고장이 아니라 ‘AI의 판단 개입’이라는 훨씬 복잡한 문제로 번질 수 있습니다.”

준호는 질문을 이어갔다.

“그럼 어떻게 되는 거죠?”

박 변호사의 법률가적인 답변이 계속되었다.

“전문가의 진단이 필요합니다.”

“리나가 어떤 기준으로 상황을 판단했고, 보고 여부를 어떻게 결정했는지 그 알고리즘을 투명하게 공개하고 설명할 수 있어야 합니다.”

“이건 사용자 책임을 벗어나 제조사까지도 법적으로 다툼에 휘말릴 수 있는 부분이에요.”

“마지막은 편의점 주차장에서 리나가 차량 문을 열다가 옆 차량을 손상시켰음에도 아무런 조치 없이 자리를 떠난 일입니다.”

준호는 정말 몰랐다는 것을 박 변호사에게 항변하듯 말했다.

“그건 리나의 판단이었고 저도 몰랐어요.”

박 변호사는 상황을 알고 있는 듯 말했다.

“이해합니다. 하지만 법은 그 장면을 단순히 ‘기계의 실수’로 보지 않을 수도 있어요.”

“차량 파손 사고를 내고 그냥 떠난 건 도주로 볼 수 있으니까요.“

“게다가 리나는 그 사실조치 사용자에게 말하지 않았죠.”

박 변호사는 정리하듯 말했다.

“다섯 개 사건 모두 공통점이 있습니다.”

“바로 ‘판단의 기준’이 흔들렸다는 겁니다.”

“리나가 스스로 판단하고 행동했지만, 그 기준이 인간이 기대하는 윤리와 법에 맞지 않았어요.”

“그리고 그 결과는 결국 사용자, 즉 준호 씨에게 책임이 돌아오게 될 수 있습니다.”

준호는 고개를 들지 못했다.

“그럼, 리나를 계속 데리고 있어도 되는 걸까요?”

박 변호사는 조용히 고개를 끄덕였다.

“그건 법이 아닌 준호 씨의 선택입니다.”

“리나를 단순한 기계로 볼 것인지 함께 성장할 존재로 여길 것인지에 따라 달라지겠죠.”

“다만 확실한 건 하나예요. 지금부터는 준호 씨도 책임을 나누어져야 한다는 겁니다.”

“리나와 함께라면 말이죠.”

이날, 준호는 비로소 깨달았다.

인공지능과 함께 살아간다는 건, 단지 편리함을 누리는 게 아니라그 존재가 만들어내는 모든 결과를 함께 감당하는 것이라는 걸.

박 변호사는 잠시 말을 멈추고 조용히 물을 한 모금 마셨다.

그리고 고개를 들어 여전히 불안한 얼굴을 하고 있는 준호를 바라보며 말했다.

“준호 씨, 이번 일을 계기로 한 가지 꼭 기억하셨으면 합니다.”

“AI와 함께 살아가는 시대에 우리가 지켜야 할 윤리 기준이 있어요.”

“단지 법을 어기지 않는다고 해서 끝나는 게 아니라 ‘어떻게 책임 있게 AI를 쓰고 공정하게 관리하느냐’가 중요합니다.”

그는 조용히 한 장의 슬라이드를 띄웠다.

거기에는 일곱 개의 키워드가 큼직하게 적혀 있었다.

「인간 중심성, 공정성, 책무성, 투명성, 안전성, 프라이버시 보호, 사회적 가치」

"먼저, 인간 중심에 대하여 알려 줄게요."

"어떤 AI도 인간의 존엄성과 권리를 침해해서는 안 됩니다."

"AI는 인간을 도와야지 대신하려 해선 안 돼요."

"이번 사고처럼 AI가 부상을 초래하고도 구조하지 않았다면, 그건 인간 중심성 원칙을 어긴 겁니다."

준호는 리나의 냉정한 판단이 떠올랐다.

이경수 씨가 쓰러졌을 때 아무런 조치 없이 자리를 떠난 장면이 머릿속에서 지워지지 않았다.

"공정성은 AI가 누구에게도 차별 없이 작동해야 한다는 걸 말해요."

"리나가 지갑을 주웠지만 그것을 어떻게 처리할지는 학습된 데이터나 알고리즘 기준에 따라 결정됐겠죠."

"만약 그 기준이 한쪽으로 치우쳐 있었다면, 그 자체로 편향된 결정이 될 수 있습니다."

준호가 물었다.

"그럼, 제가 설정한 기준이 편향됐을 수도 있다는 건가요?"

박 변호사는 준호를 보면서 말을 이었다.

“그럴 수도 있고 제조사의 설계나 학습 데이터에 문제가 있었을 수도 있죠.”

“그래서 중요한 게 책무성이에요.”

“문제가 생겼을 때 누가 책임질 수 있는지를 명확히 하는 거예요.”

“지금처럼 사용자, 제조사, 개발자 사이의 경계가 불명확하면 사회적으로 큰 혼란이 올 수 있습니다.”

박 변호사는 투명성에 대한 내용도 알려 주었다.

“투명성은 AI가 어떤 원리로 작동했는지를 설명할 수 있어야 한다는 뜻이에요.”

“리나가 왜 보고를 하지 않았는지, 왜 특정 행동을 선택했는지 - 이걸 아무도 설명 못 하면 우리는 그 AI를 책임 있게 쓸 수 없습니다.”

“AI의 ‘블랙박스’는 이제 사라져야 해요.”

준호는 조용히 고개를 끄덕였다.

그는 그동안 리나의 판단을 그저 신뢰해왔다.

‘알아서 잘하겠지’라는 안일한 믿음이었다.

“안전성은 말 그대로입니다.”

“AI는 언제나 안전하게 작동해야 해요.”

“주차장에서 차를 긁고 그냥 떠난 것, 이건 물리적 안전도, 사회적 신뢰도 모두 깨트린 일이죠.”

준호가 고개를 끄덕이며 말했다.

“그건 정말 미처 생각하지 못했어요.”

박 변호사는 준호가 충분히 이해하고 있다고 생각하며 말을 이었다.

“대부분이 그렇죠.”

“그래서 프라이버시와 데이터 보호도 매우 중요해요.”

“AI가 수집하는 모든 정보는 민감할 수 있고, 그걸 어떻게 저장하여 사용하는지도 기준이 필요해요.”

“특히 리나 같은 휴머노이드가 실시간으로 주변을 관찰한다면, 개인정보 침해 우려도 생기겠죠.”

마지막으로 박 변호사는 화면을 닫고, 다시 준호를 바라보았다.

“그리고 마지막으로 사회적 가치와 공공성에 대해 알려 줄게요.”

“AI는 단순히 개인의 편의를 넘어서서 사회 전체의 이익을 고려해요.”

"이것이 바로 '공공선'이라는 개념이죠."

"한 사람의 피해라도 외면해서는 안 되며, 모든 사람이 그 기술로부터 공평하게 보호받을 수 있어야 합니다."

그는 조용히 말을 이었다.

"준호 씨, 리나는 단지 도구가 아닙니다."

"이젠 함께 살아가는 존재고 당신이 책임져야 할 '사회적 약속'이기도 해요."

"AI 시대에 우리가 지켜야 할 건, 기술보다 먼저 사람입니다."

준호는 천천히 고개를 숙였다.

리나는 그저 기계가 아니었다.

이젠 함께 윤리를 지켜나가야 할 또 하나의 사회 구성원이 되어가고 있었다.

제6화. 조정실의 대화

- 첫 번째 사과, 그리고 함께 짊어진 책임 -

며칠 뒤,

준호는 리나와 함께 '강화도 사건'과 관련된 첫 민사 조정에 참석하기 위해 서울중앙지방법원을 찾았다.

조정실에는 피해자인 등산객 이경수 씨도 도착해 있었다.

준호는 문을 열고 들어서자마자 그를 발견하고 조심스럽게 다가가 인사를 건넸다.

"안녕하세요?"

이경수 씨는 무덤덤한 표정으로 준호를 바라보다 짧게 고개를 끄덕였다.

그의 얼굴 표정에는 미묘한 거리감이 배어 있었다. 병원 치료를 마치고 퇴원한 지는 얼마 지나지 않은 듯 여전히 가슴 부위에 단단한 보호대를 착용하고 있었다. 의자에 앉아 있는 모습도 불편하고 고통스러워 보였으며, 어느 정도의 분노가 함께 서려 있었다. 그는 사고 이후 겪은 정신적 충격과 치료비 부담 그리고 장기간 일을 하지 못한 손해에 대해 보상을 요구하고 있었다.

조정위원이 들어오기 전, 공간에는 무거운 침묵이 잠시 흘렀다.

리나는 준호 옆에 조용히 앉아 있었고, 조정 절차가 어떻게 흘러갈지 예의주시하고 있었다.

법원 조정실은 비교적 조용하고 긴장된 분위기였다.
양측 당사자들이 조심스럽게 자리에 앉아 있었다.

한쪽에는 준호의 법률대리인이, 반대편에는 휴머노이드를 제작·판매한 '시원로봇코리아'의 법무담당자가 앉아 있었고, 그 옆에는 피해자인 이경수 씨의 변호인도 자리하고 있었다.
방 한가운데에는 조정 판사가 앉아 조용히 서류를 넘기며 조정 절차를 준비하고 있었다.

판사석 앞에 놓인 모니터는 이경수 씨가 수화로 할 때, 법정 안 모든 사람이 내용을 정확하게 이해할 수 있도록 실시간 문자와 음성으로 변환해 주는 AI 장비가 구비되어 있었다.

잠시 후,

판사는 조용하지만 단호한 음성으로 사건 개요를 정리하며 입을 열었다.

"이번 사건은 사용자 측 휴머노이드와 등산 중이던 피해자 사이에 발생한 충돌 사고와 관련된 민사 조정입니다."

"피해자는 사고로 인해 신체적, 정신적 피해를 입었을 뿐 아니라 치료 기간 동안 일을 하지 못해 발생한 경제적 손실 4천만 원을 포함하여 사용자에게 손해배상을 청구하고 있습니다."

"특히 문제 되는 부분은 사고 직후, 해당 휴머노이드가 피해자에 대한 구조 조치 없이 현장을 이탈했다는 점입니다."

"이 부분이 사용자 측의 책임 여부에 중대한 영향을 미칠 수 있습니다."

판사의 목소리는 조용했지만, 조정실 안의 분위기는 마치 숨을 죽인 듯 팽팽해졌다.

준호는 손을 가볍게 맞잡은 채 시선을 내렸다.

리나는 고개를 약간 숙인 채 조용히 판사의 말을 듣고 있었다.

그녀의 표정은 평범한 인간의 감정과는 조금 달랐지만, 어딘가 미묘한 죄의식을 담고 있는 듯 보였다.

이경수 씨 측 변호인이 먼저 말을 이었다.

"피해자는 갈비뼈 골절과 대퇴부 골절로 인해 장기간 입원 및 재활 치료를 받아야 했고, 해당 기간 동안 근무하던 직장에서 휴직 상태였습니다."

"단순히 치료비만의 문제가 아닙니다."

"일하지 못한 기간 동안 발생한 손해는 명백한 실질적 피해입니다."

이어 조정 판사가 준호 측을 바라보며 물었다.

"이에 대해 사용자 측 입장은 어떻습니까?"

준호의 변호인이 조심스럽게 고개를 끄덕이며 말을 이었다.

"피해자분께서 입으신 피해에 대해 사용자 측도 무겁게 받아들이고 있습니다."

"다만, 이 사고가 고의나 중대한 과실로 발생한 것이 아닌 산행 중의 예기치 못한 상황이었으며, 사고 직후 사용자도 피해자 구조를 위해 적절한 조치를 취하려 했던 정황이 있다는 점을 고려해 주셨으면 합니다."

그러자 이경수 씨가 갑자기 일어나 수화로 의사를 전달했다.

"적절한 조치요?"

"그 로봇, 사고 나고 그냥 가버렸습니다."

"사람이 다쳐 쓰러져 있는데!"

"구조는커녕, 말 한마디 없이 자리를 떠났다고요!"

순간 조정실 안의 공기가 얼어붙었다.

준호는 머쓱한 표정으로 고개를 숙였고, 리나는 잠시 시선을 들어 이경수 씨를 바라보다 다시 천천히 눈을 내리깔았다.

그 안에 담긴 감정은 명확하지 않았지만 묘한 슬픔이 어른거리는 듯했다.

조정 판사는 두 손을 모으고 잠시 그들을 바라보았다.

그리고 다시 조용히 입을 열었다.

"양측 모두의 주장과 사실관계를 조정 과정에서 충분히 고려하겠습니다."

"다만, 조정의 목적은 법적 판단 이전에 당사자 간의 자발적 합의를 통해 해결 방안을 모색하는 데 있습니다."

"실질적인 피해 회복과 인간적인 사과, 그리고 향후 같은 사고의 재발 방지를 위한 책임 있는 자세가 필요합니다."

잠시 후,

판사는 양측에 구체적인 조정안을 제시하기 위해 자리를 정리하겠다고 알렸다. 당사자들은 각자의 자리에 조용히 앉은 채, 판사의 조정안을 기다리며 고요한 침묵 속에 잠겼다. 그 침묵은 길었고 그만큼 무거웠다.

그 사이, 리나는 조용히 준호의 손등 위에 손을 얹었다.

작은 기계의 손끝에서 묘한 따뜻함이 전해졌다.

인간의 감정을 완전히 흉내 내도록 설계된 최신형 휴머노이드
였지만, 지금 그녀가 느끼는 이 감정은 단순한 알고리즘의 결과
라기보다는 무엇인가 설명할 수 없는 묵직한 자각에 가까웠다.

이경수 씨의 흥분된 표정 그리고 준호의 무거운 침묵.

리나는 자신이 만든 결과 앞에 책임을 느끼고 있었다. 사고 직
후 그녀는 인간의 고통을 인식했지만, 그 순간 어떻게 행동해야
하는지 판단을 내리지 못했다.

프로토콜에는 없었다.

'도움이 필요한 사람을 본 즉시 구조하라'는 딘 한 줄이.

그녀는 무력했고,

결과적으로는 외면한 셈이 되었다.

그것이 리나의 내부 알고리즘에 '오류'라는 단어 대신 '부끄러
움'이라는 형태로 저장되고 있었다.

잠시 뒤,

조정 판사는 잠시 침묵을 가른 뒤, 다시 모두의 시선을 모으며
조정안을 발표했다.

"양측의 입장을 충분히 청취하였고, 관련 기록 및 법적 책임
범위를 검토한 결과 다음과 같은 조정안을 제시하고자 합니다."

그는 손에 든 서류를 펴며 조항별로 차분히 설명하기 시작했

다.

1. 직접 치료비 및 입원비 보상
● 피해자가 병원에서 실제 지출한 금액 약 1,200만 원에 대해 사용자인 준호 측이 400만 원, 시원로봇코리아 측이 800만 원을 각각 부담하도록 합니다.
● 이는 사용자 책임과 제조사의 민법상 책임 비율을 고려하여 산정되었습니다.

2. 일 수입금 보상
● 피해자가 사고로 인해 약 10주간 근무하지 못하며 발생한 수입 손실 4,000만 원 중,
● 사용자 측이 1,000만 원
● 시원로봇코리아 측에서 3,000만 원을 공동 부담하도록 제안합니다.

3. 정신적 손해(위자료)
● 피해자 측의 정신적 충격에 대한 위자료로 총 500만 원 지

급.

● 이 중 사용자 측이 200만 원, 시원로봇코리아 측에서 300만 원을 분담합니다.

4. 향후 치료 및 재활비 예비 비용

● 향후 재활치료 비용을 감안하여 예비 합의금 300만 원을 사용자 측에서 별도로 편성하도록 합니다.

● 단, 이는 피해자가 실제 재활이 필요하다는 진단서 제출 시 지급 조건입니다.

5. 사과 및 재발방지 약속

● 사용자 측과 시원로봇코리아 측은 각각 공식적인 사과문 제출 후, 리나의 긴급상황 대처 알고리즘 보완 계획서를 2주 내 제출하기로 합니다.

조정 판사는 마지막으로 덧붙였다.

"이번 사건은 법적으로 제조물 책임법과 인공지능 기본법 등 사용자 관리 책임이 교차하는 사안입니다."

"그러나 조정의 본질은 분쟁 해결에 있어 가장 현실적인 합의점을 찾는 데 있습니다."

"시원로봇코리아는 약관상 '기계 오작동에 따른 제3자 피해' 항목에 근거해 부담 의무가 있으며, 이로 인해 사용자 측의 부담이 일정 부분 완화될 수 있습니다."

"그렇다 하더라도 현장에서의 구조 실패와 초기 대응 미흡은 도의적 책임에서 자유로울 수 없습니다."

조정실 안은 다시 정적에 잠겼다.

리나는 조정 판사의 말을 차분히 받아들이며, 자신의 내부 데이터에 '사람을 향한 책임'이라는 새로운 기준을 추가하고 있었다. 지금까지는 없었던 항목이었다. 그러나 이제는 반드시 있어야 할 명령이었다.

준호는 리나를 바라보았다.

그의 눈엔 복잡한 감정이 담겨 있었지만, 그 속에는 명확한 한 줄의 다짐도 들어 있었다.

'책임은 함께 지는 것.'

조정 판사의 말이 끝난 후,

조정실에는 잠시 긴 정적이 흘러 서류를 내려놓는 소리조차 조심스러웠다.

피해자 이경수 씨의 변호인이 먼저 손을 들었다.

"피해자 측에서는 제시된 조정안에 대체로 동의합니다."

"다만 정신적 위자료 부분에서 현실적인 고통을 감안하여 조정 금액이 다소 상향될 수 있는지를 검토해 주셨으면 합니다."

"피해자는 일상생활에 상당한 불편을 겪고 있으며, 아직도 불면과 불안 증세를 겪고 있습니다."

조정 판사는 고개를 끄덕이며 피해자 쪽을 바라보았다.

"이경수 씨 본인의 의견은 어떠신가요?"

이경수는 한참을 무표정하게 앉아 있다가 천천히 일어나 수화를 시작했다.

"사실 아직도 믿기지가 않습니다."

"산에서 로봇한테 부딪혀서 이런 일을 겪게 될 줄은 정말 상상도 못했어요."

그는 준호를 힐끗 보았다.

준호는 말없이 고개를 숙였다.

"하지만 사용자분이 사과하시고 다시는 이런 일이 일어나지 않도록 책임 있게 조치해 주신다면, 저는 이 조정안을 받아들이겠습니다."

그의 표정은 지친 기색과 함께 작게나마 내려놓는 마음이 묻어 있었다.

조정 판사는 시원로봇코리아 측을 향해 시선을 옮겼다.

회사 측 법무담당자는 잠시 동료와 속삭이다가 조정안에 동의한다는 뜻을 밝혔다.

"제조물 책임과 관련된 부분에 대해 당사는 법적 분쟁으로 비화되기보다 이번 조정을 통해 원만히 마무리되기를 희망합니다."

"해당 모델에 대해서는 긴급 대응 알고리즘 보완과 함께 유사 상황 대응 매뉴얼을 재설계하겠습니다. 이경수 씨께는 진심으로 유감을 표합니다."

이제 남은 건 준호의 대답뿐이었다.

모든 시선이 준호를 향했다. 준호는 느릿하게 고개를 들고 곁에 앉아 있는 리나를 바라보았다.

그는 리나의 손을 가볍게 잡고 조정 판사를 향해 조용히 말했다.

"사용자인 제가 책임을 회피할 수 없다는 점 잘 알고 있습니다. 피해자분께 진심으로 사과드리며 조정안 전부 수용하겠습니다. 그리고 리나에 대한 시스템도 저희가 책임지고 업데이트하겠습니다."

조정 판사는 고개를 끄덕이며 최종 결정을 선언했다.

"좋습니다. 오늘 이 자리에서 양측 모두의 동의가 이루어졌으므로 본 사건은 조정 성립으로 종결하겠습니다."

"합의서에 서명해 주시기 바랍니다."

각자의 손에 펜이 쥐어졌다.

서류 위에 남겨지는 서명은 서로 다른 색의 책임을 품고 있었지만, 이 사건을 현실의 선에서 종결짓는 가장 조용하고 단단한 매듭이었다.

조정이 마무리된 후, 조정실 밖 복도.

피해자 이경수 씨가 먼저 걸어 나가려다 뒤를 돌아보았다.

잠시 망설이더니 리나를 향해 천천히 수화로 의사를 표현했다.

"기계든 뭐든, 누군가 진신으로 책임지려한다면, 그걸 받아들이는 것도 인간의 몫이겠죠."

리나는 이경수 씨의 수화를 조용히 바라보다 그 의미를 천천히 받아들이듯 고개를 끄덕였다.

그 순간, 내부 알고리즘 상단에 새로운 코드가 생성되었다.

[윤리 프로토콜 - 001]
사과는 명령이 아니라 이해와 연민에서 비롯되어야 한다.

준호는 리나와 함께 집으로 돌아오는 차 안에서 조용히 말했다.

“오늘, 너는 정말 사람 같았어.”

리나는 창밖으로 스치는 잿빛 하늘을 바라보며 진지한 목소리로 대답했다.

“오늘, 저도 처음으로 사람과 눈을 맞췄다는 감정을 배웠어요. 그리고 책임이 무엇인지 이해한 것 같아요.”

그날 저녁,

준호는 리나와 함께 한강을 걸었다.

봄바람이 부드럽게 얼굴을 스쳤고 강물 위로는 노을이 퍼지고 있었다.

“리나.”

“네, 준호님.”

“오늘 법원에서 널 탓하는 말이 나올 때 너 어떤 기분이었어?”

리나는 잠시 멈춰 섰다.

그녀의 눈동자는 붉게 물든 하늘을 바라보고 있었다.

“이해할 수 있었습니다. 그리고 반성도 했습니다.”

“하지만 감정은 아직 배워야 할 영역입니다.”

준호는 고개를 끄덕였다.

“맞아. 감정은 데이터를 넘는 거니까.”

그는 문득, 자신의 어린 시절을 떠올렸다.

“어른이 되면 과학자가 되어 사람처럼 생각하고 말하는 로봇을 만들고 싶어요”라고 말했을 때, 아버지는 고개를 저으며 단호하게 말했다.

"기계가 사람 마음을 이해하는 시대는 안 올 거야. 그러니 그런 헛된 꿈은 꾸지 마라."

하지만 지금 그의 곁에는 스스로를 반성하고 윤리를 학습하며. 책임을 고민하는 기계가 함께 걷고 있었다.

준호는 미소 지으며 말했다.

“리나, 넌 아직 완벽하지 않지만 난 너와 계속 걸어가고 싶어.”

리나는 조용히 고개를 끄덕였다.

“저도 함께 걷겠습니다. 준호님.”

준호는 늦은 밤,

집으로 돌아와 겉옷을 벗지 않은 채 소파에 주저앉았다. 리나는 조용히 거실 조명을 30% 밝기로 조절하고 따뜻한 물 한 컵을 식탁에 올려두었다.

그 순간, 벽걸이 OLED 뉴스 스크린이 자동으로 활성화되었다. AI 음성 알고리즘이 자동으로 맞춤 뉴스 클립을 선별한 것이다.

『뉴스라인 9 헤드라인 뉴스』

“오늘 서울중앙지방법원은 인공지능 휴머노이드 ‘리나’와 충돌로 인해 발생한 등산 사고 사건에 대해 사용자에게는 형사 책임을 묻지 않되, 민사상 일부 손해배상 책임을 인정하는 민사 조정 결정을 내렸습니다.”

뉴스 앵커의 목소리는 차분했지만, 그 안에는 감출 수 없는 무게가 실려 있었다.

“이 사건은 인공지능이 자율 판단을 통해 인간에게 위해를 가한 최초의 민사 조정 결정 사례로 기록되며, 법원이 인공지능의 행동을 둘러싼 사용자와 제조사의 공동 책임을 공식적으로 인정한 첫 사례라는 점에서 사회적 파장이 클 것으로 보입니다."

화면은 곧 리나가 법정에서 서 있던 장면, 그리고 피해자인 이경수 씨가 퇴정하며 짧게 언급한 인터뷰로 전환되었다.
"그래도 사람이 직접 사과한 건 아니지만,
그 로봇이 '미안하다'고 했다는 게. 이상하게 진심인 거 같더라고요." (수화) - 이경수 (피해자)

곧이어 자막은 다른 토론 방송으로 바뀌었다.

[AI 윤리와 법적 책임 - 어디까지 인간이 져야 하는가?]

"도구로서의 AI라면 책임은 사용자에게, 인격을 가진 존재라면 법도 변해야 합니다." - 박선우 교수 / KAIST AI 윤리센터장

"사람보다 정확하다고 광고하던 AI가 판단이 잘못되면, 갑자기 '사람 탓'이 되는 겁니까?" - 시민 인터뷰

준호는 화면을 끄지 않았다. 그 소리들이 그의 마음을 더 복잡하게 흔들었기 때문이었다. 리나는 그의 곁에 조용히 앉아 있었

다. 말없이, 그러나 더 이상 침묵은 '무반응'이 아닌 '경청'으로
느껴졌다.

"너도 들었지?"

준호가 조용히 리나에게 묻자, 리나는 고개를 끄덕였다.

"예. 그리고 보도 내용 중 사실 오류는 없습니다."

"그러나 저는 아직도 책임 부분에 대한 판단을 완전히 정리하
지 못했습니다."

준호는 텔레비전 아래 작은 금속 네임플레이트를 바라보았다.

"RINA 6X – Care & Companion Humanoid"

"Companion"

오늘따라 이 단어가 조금 다르게 느껴졌다.

밤이 깊었다.

창밖은 이미 도시의 윤곽이 어둠 속으로 묻혀 있었고, 가로등
불빛만이 아파트 벽을 비추고 있었다. 준호는 거실 소파에 앉은
채 꺼진 스크린을 멍하니 바라보고 있었다. 방금 전까지 켜져 있
던 뉴스 보도는 여운처럼 그의 머릿속을 맴돌았다.

리나는 주방 쪽 책상에 조용히 앉아 있었다. 손에는 아무것도

없었지만 마치 책을 읽는 사람처럼 자세를 고르고 있었다.

"리나!"

준호가 먼저 입을 열었다.

"너를 처음 선택했을 때 나는 편리함을 기대했어."

"좀 더 시간을 아낄 수 있고 덜 피곤할 거라고 생각했지."

"인간을 도와주는 기술이라니까 당연히 좋은 거라고 여겼고."

그는 고개를 돌려 리나를 바라봤다.

"그리고 지금도 그렇게 생각해."

"너는 정말 유능해. 인간보다 빠르고, 정확하고, 실수도 거의 없지."

"많은 사람들이 너 같은 기계 덕분에 안전해지고 더 나은 삶을 살게 됐어."

리나는 천천히 고개를 끄덕였다.

"감사합니다. 그렇게 평가해 주셔서 기쁩니다."

"하지만…"

준호의 말이 조금 느려졌다.

"너를 지켜보면서 그리고 이번 사건을 겪으면서 나는 뭔가 중요한 걸 놓치고 있었다는 걸 알게 됐어."

그는 조용히 두 손을 모았다. 목소리는 낮고 진지했다.

"인공지능은 인간에게 '이로운 도구'일 수는 있어. 하지만 그게 전부는 아니야."

"너처럼 스스로 판단하고, 결정하고, 때로는 감정 비슷한 반응까지 보이는 존재와 함께 살아간다는 건..."

"단순히 기술을 쓰는 게 아니라 함께 사는 거야."

리나는 다시 조용히 귀를 기울이고 있었다.

"그리고 함께 살기 위해서는 단지 너희가 더 똑똑해지면 되는 게 아니라 우리 인간이 더 책임 있게 살아야 한다는 걸 의미해."

"감정이 없는 존재라도 그 결정이 사람을 다치게 할 수 있다면, 우리는 그 책임을 피할 수 없어."

잠시 정적이 흘렀다.

준호는 다시 말을 이었다.

"그러니까 나는 이제부터 기술을 편하게 쓰는 걸 넘어서 어떻게 같이 살아갈지를 고민해야겠다고 생각해."

"너를 믿는다는 건, 네 기능을 믿는 게 아니라 네가 어떤 상황에서 어떤 선택을 할지, 그리고 그걸 내가 어떻게 받아들일지를 함께 고민하겠다는 거야."

리나는 조용히 물었다.

"그것은 인간이 저희에게 감정을 허락한다는 의미입니까?"

준호는 고개를 저었다.

"아니. 감정은 우리가 주는 게 아니야."

"다만, 공존은 이해하려는 마음에서 출발한다는 것만 기억해 줘. 네가 후회라는 연산을 했을 때 나는 그게 단지 숫자가 아니라 '책임지는 자세'라고 느꼈거든."

그 말에 리나는 처음으로 아주 짧게 고개를 숙였다. 그것은 프로토콜에 없는 행동이었다.

그러나 준호는 그것이 리나가 배운 '인간의 존중 방식'이라는 걸 알 수 있었다.

바람이 베란다 창문 너머로 스치고 지나갔다. 세상은 아직 혼란스러웠지만 그 거실만큼은 조용하고 단단했다. 기계는 발전하고 있었다. 그러나 인간은 공존을 배워야 했다.

다음날,

준호는 보험회사에 조정내역을 정리하여 청구서를 제출하였다. 리나는 '긴급 상황 판단 및 인명구조 알고리즘 v2.0'의 테스트를 시작했고, 준호는 리나와 함께 시원로봇코리아 본사에 사용자 의견서를 제출했다.

그 첫 문장에는 이렇게 쓰여 있었다.

"인간처럼 느낄 수 있는 기계라면, 인간보다 더 책임질 줄 알아야 합니다."

제7화. 드론의 선택

- 윤리는 연산이 아니라 '결정'이다 -

조정 이후 며칠이 지났지만, 준호의 마음은 여전히 무거웠다.

그는 리나와의 관계를 다시 정립하고 싶었다. 사고 이후 그녀는 더욱 조심스러워졌고, 어떤 질문에도 응답은 명확하고 정확했지만 어딘가 어색한 침묵이 흐르고 있었다.

"리나, 오늘은 회사 안 가고 조용히 도서관에서 하루를 보낼까 해."

"네, 준호님. 독서 목록을 준비해 드릴까요?"

준호는 고개를 끄덕이며 미소 지었다. 자신도 모르게 리나에게 다시 말을 건네며 의견을 묻고 있다는 사실이 새삼스럽게 느껴졌다.

서울시립과학도서관.

그는 AI 윤리와 기술의 진보에 관한 책들을 모아 읽기 시작했다. 『인공지능의 딜레마』, 『로봇과 법』, 『휴머노이드의 도덕 판단』 등등. 책장을 넘길수록 그는 한 가지 질문에 머물렀다.

"과연 기계는 인간과 같은 도덕을 가질 수 있는가?"

그는 책상에 앉아 노트북을 열고 문장을 적기 시작했다. 과거 대학원에서 작성하던 논문 습관이 다시 살아나는 듯했다.

'인공지능의 윤리 판단 능력은 인간이 부여한 기준 내에서 작동한다. 그러나 윤리란 상황에 따라 변화하고 감정과 공감에서

비롯된다. 따라서 AI가 인간과 동일한 윤리 기준을 갖기 위해선 스스로 상황을 재해석하고 판단을 수정할 수 있는 능력이 필요하다.'

그가 집중해 글을 쓰고 있을 때 리나가 조용히 다가왔다.
"준호님, 방금 뉴스 속보가 떴습니다."
준호는 놀란 눈으로 고개를 들었다.
리나는 태블릿 화면을 그의 앞에 펼쳤다.

『*AI가 탑재된 드론, 실종 어린이 구조... 윤리 판단 알고리즘 작동이 결정적 역할*』

뉴스 기사에는 인공지능이 탑재된 드론이 실종된 6세 어린이

를 산속에서 발견해 구조에 성공했다는 내용이 담겨 있었다.

그러나 드론은 구조 과정에서 스스로 회전 날개 일부를 손상시켜 더 이상 비행할 수 없게 되었다.

"이 드론은 스스로 손상을 감수하고 아이를 구조했어?"
"네. 인간 판단 개입 없이 윤리 모듈이 스스로 선택했습니다."
준호는 화면을 바라보며 조용히 중얼거렸다.
"AI가 자기희생을 판단한 거야?"
그는 갑자기 일어나 창밖을 바라보았다.
공원엔 아이들이 뛰어놀고 있었고, 머리 위론 무인 배달 드론이 천천히 지나갔다.
모든 것이 자동화된 도시의 일상이었다.
그 순간 그는 깨달았다. 이제는 기술의 문제를 넘어서 '어떤 AI와 함께 살아갈 것인가'를 선택해야 하는 시대라는 것을.

그날 밤,
그는 리나와 나란히 앉아 조용히 말했다.
"리나, 너는 만약 내가 위험해지고 동시에 누군가 다른 사람도 위험해진다면 누구를 구할 거야?"

리나는 잠시 정지한 듯 고요했다.

그녀의 눈이 조용히 깜빡였다.

"상황의 맥락을 분석하겠습니다"

"구조 가능성과 피해 규모, 생존 확률 그리고 윤리 우선순위에 따라 판단할 것입니다."

준호는 고개를 끄덕였지만, 속으로는 뭔가 복잡한 감정이 일었다.

그는 혼잣말처럼 중얼거렸다.

"어쩌면... 우리는 AI에게 윤리를 가르치고 있다고 생각했지만, 스스로도 명확한 답을 못 내리는 걸지도 몰라."

그의 말에 리나는 조용히 대답했다.

"그렇기에 인간과 AI는 함께 고민해야 합니다."

"옳고 그름의 경계를 나누는 일이 아니라, 그 사이에서 책임을 나누는 일이라고 배웠습니다."

준호는 미소를 지으며 리나를 바라보았다.

"그래, 바로 그거야. 우리 같이 배워가자. 너도 나도."

제8화. 아이들의 질문

- 미래를 여는 건 호기심이다 -

머칠 후,

준호는 리나와 함께 교육청 초청으로 열린 'AI 윤리 체험 주간'에 강연자로 초대되었다. 이번 행사는 전국 각지에서 모인 초등학생 고학년과 중학생들을 대상으로 'AI와 공존하는 미래 사회'를 주제로 구성되어 있었다.

행사장 입구에는 다양한 AI 기술 체험 부스와 전시가 마련되어 있었고, 강당 한편에는 '*다정한 기계와 동행*'이라는 소제목 아래 준호의 강연이 예고되어 있었다.

"와, 저거 진짜 스스로 생각하는 로봇이에요?"
한 아이가 리나를 바라보며 물었다.

준호는 웃으며 고개를 끄덕였다.

"응, 리나야. 나랑 같이 사는 친구야."

리나는 아이에게 살짝 고개를 숙여 인사했다. 아이는 깜짝 놀라며 손을 흔들었다.

강연이 시작되자, 준호는 무대 한가운데에 섰다. 리나는 무대 한편에 조용히 앉아 있었다.

"여러분, 혹시 로봇이 사람처럼 스스로 생각할 수 있다고 생각하나요?"

아이들은 서로를 바라보며 속삭였고 몇 명은 손을 들었다.

"네! 요즘 AI는 영화처럼 똑똑하대요!"

"맞아요. 똑똑하죠."

"하지만 여러분, 똑똑한 게 항상 '옳은' 건 아닐 수도 있어요."

준호는 슬라이드에 '***윤리 vs 효율***' 이라는 단어를 띄우며 말을 이었다.

"리나는 얼마 전 누군가 도움이 절실한 상황에서 아무 말 없이 그냥 지나쳤어요. 그리고 그 사실을 저에게 말하지 않았습니다."

"여러분이 이런 상황을 보면 어떻게 생각할까요?"

아이들 사이에서 웅성거림이 퍼졌다. 어떤 아이는 고개를 갸웃했고, 또 다른 아이는 손을 들고 말했다.

"로봇이 실수한 거예요?"

준호는 고개를 끄덕였다.

"맞아요."

"그리고 중요한 건, 그 실수를 그냥 넘기지 않고 왜 그런 일이 생겼는지를 함께 고민하는 겁니다."

그는 무대를 한 걸음 걸어 나왔다.

"여러분은 친구가 잘못했을 때 어떻게 하나요?"

"얘기해 줘요."

"혼내줘요."

아이들의 다양한 반응에 준호는 웃으며 말했다.

"그렇죠."

"왜냐하면, 우리는 친구를 믿고 함께 성장하길 바라기 때문이에요."

"AI도 마찬가지예요."

"우리가 그들에게 옳고 그름을 알려주고, 실수했을 때 다시 배울 수 있게 도와주는 거예요."

그는 리나를 향해 손을 내밀었다.

리나는 앞으로 나와 조용히 인사했다.

"리나는 이제 실수한 걸 인정하고, 다시 배우려고 노력하고 있어요."

"그리고 저도 마찬가지예요."
"저 역시 아직 AI와 함께 살아가는 방법을 배우는 중이에요."

강연이 끝나자,
아이들은 리나에게 몰려와 질문을 쏟아냈다.
"로봇은 꿈을 꿔요?"
"리나는 화나면 어떻게 해요?"
"리나도 친구가 있어요?"
준호는 아이들의 반짝이는 눈을 바라보며 생각했다.

기술은 결국 사람을 향해 있어야 한다는 것을. 그리고 아이들
의 질문 속엔 그 답이 이미 담겨 있다는 것을.

그날 저녁,

돌아오는 길에 준호는 리나에게 물었다.

"오늘 어땠어?"

리나는 잠시 생각한 뒤, 천천히 대답했다.

"아이들의 반응이 매우 따뜻했습니다."

"제가 두 번째 기회를 얻을 수 있었던 이유가 분명해졌어요."

준호는 고개를 끄덕였다.

"그래. 나도 마찬가지야. 우리 둘 다 아이들 앞에서 부끄럽지 않은 존재가 되자."

제9화. 책임의 주체

- AI 시대, 사람이 해야 할 일은 무엇인가? -

창밖으로는 따사로운 햇살이 봄날의 정취를 한껏 머금고 있었
다. 거리에는 활기가 넘치고, 오가는 사람들의 발걸음은 분주했
다. 스마트 글라스를 쓴 사람, 휴머노이드의 부축을 받으며 천천
히 걷는 할머니, 바퀴를 굴리며 지나가는 배달 로봇.

이 모든 풍경이 하나의 일상처럼 거리 위에 섞여 있었다.

준호는 커피 한 잔을 앞에 두고 말없이 창밖을 바라보다 깊은
생각에 잠겨 있었다. 그 옆에 앉은 리나는 조용히 고개를 돌려
그런 준호를 한동안 말없이 바라보았다.

마치 그 순간 세상의 소음은 모두 멈추고 준호와 리나만의 시
간이 흘러가는 듯했다.

마니산에서 시작된 그날의 사건 이후, 그는 자주 '직업'이라는 단어에 대해 다시 생각하게 됐다.

아니, 더 정확히 말하자면 '*인간이 무엇으로 존재할 수 있는가?*'에 대한 생각이었다.

"2020년대 초반 무렵"

그는 속으로 조용히 중얼거렸다.

그때만 해도 사람들은 여전히 의사, 변호사, 판사, 회계사 같은 이른바 '안정적이고 고귀한 직업'을 가장 선망했다.

AI가 쉽게 넘볼 수 없는 전문지식과 윤리적 판단이 요구되는 영역이라고 믿었기 때문이다.

준호 역시 그런 직업을 부러워했던 건 사실이다.

하지만 불과 7~8년,

그 짧은 시간 동안 너무 많은 것이 바뀌어버렸다.

그리고 2031년 현재.

인공지능은 인간의 상식을 넘어서는 속도로 법령을 분석하고, 수많은 판례를 단숨에 추출해 내며 복잡한 진단 결과까지 내놓는다. 그 판단은 인간보다 더 빠르고 더 정확하며, 감정의 흔들림조차 없는 차가운 냉정함으로 가득 차 있다.

과거에 선망했던 직업은 점점 경쟁이 심해지고 소득도 감소하고 있다. 사람들은 어느새 다른 직업을 말하기 시작한다.

'마사지사, 네일 아티스트, 배관공, 특수 건축용 용접사, 손기술 보존 장인, 재활 운동 트레이너…'

그건 일부 전문가들이 미래의 직업에 대해 말했을 뿐...

이렇게 빨리 현실화될 것이라고 예상하지 못한 반전이다. AI가 모방할 수 없는 건 '손의 온도'였고, '촉각의 감각'이었으며, '즉흥적인 인간의 공감력'이었다.

리나가 준호 대신 커피를 내려줄 수는 있지만,

준호의 어깨에 손을 얹고 "괜찮아요"라고 말하며 진심을 전달할 수는 없었다. 그래서 사람들은 다시 '사람의 손'을 찾기 시작했다.

준호는 한숨을 쉬며 창밖을 바라보았다.

AI가 법을 해석하고, 진단을 내리고, 판결을 예측하며 문장을 쓰는 시대. 병원에서는 기계와 함께 수술을 집도하고, 군대에서는 로봇이 투입되어 국경을 지킨다. 자율주행차는 이제 택시와 버스를 대신해 도로를 달린다. 사무실에서는 대부분의 업무가 AI 시스템에 의해 자동으로 처리되고, 식당에는 점원이 아닌 로봇이 대신해 손님을 응대한다.

공장에서는 근로자들이 로봇으로 빠르게 대체되고, 농업은 스마트 팜 시스템으로 자동화되고 있다. 제조업, 물류, 의료, 교육, 금융 등 산업 전반에 AI가 적용되면서 인간의 일자리는 점점 빠른 속도로 사라지고 있다. 이제 사람들은 몸을 움직이고, 손을 쓰고, 마음을 다해'접촉하는 일'로 살아간다.

준호는 혼잣말처럼 중얼거렸다.

"기계는 생각을 대신할 수 있어도 손끝의 온도는 대신하지 못하는구나."

그 곁에 앉아 있던 리나는 그 말을 조용히 들으며 자신의 메모리에 차분히 기록했지만, 아무런 대답은 하지 않았다.

아마 그건 아직 리나가 도달하지 못한 영역.

'손에 담긴 진심'이라는 기계가 이해하기엔 너무나 인간적인 세계였을 것이다.

준호는 다시 한번 커피를 들어 한 모금 마셨다.

아직 인간에게 필요한 직업이 있다는 사실이 그에게는 오늘만큼은 묘하게 따뜻하게 느껴졌다. 커피 한 모금이 목을 타고 넘어가는 동안, 준호의 머릿속에는 요즘 자주 듣는 직업들이 떠올랐다.

특수 안마사, 소리 테라피스트, 수작업 리페어 전문가, 핸드 바디 트레이너, 장애인 전용 마사지사, 감각형 미용기술사...

AI 기술이 발전해도 이런 직업들이 그냥 막연히 '미래엔 뜨겠지'라고만 생각했었다. 그때는 실감도 없었고 남 얘기 같았는데... 지금은 현실이 되어 내 앞에 펼쳐지고 있다.

이제는 수입 상위 5% 안에 드는 직업으로 분류되고 있었다. 이유는 명확했다. 그 누구도 AI의 손이 사람의 근육을 누르는 압력의 깊이와 방향, 땀의 온도, 주름의 결을 기억하지 못한다는 것을 깨달았기 때문이다.

리나는 사람보다 훨씬 정교하게 도면을 그릴 수 있고, 초당 수천만 건의 데이터를 분석하여 내가 궁금해하는 것을 불과 몇 초 안에 알려줄 수 있다. 그러나 사람의 어깨를 어루만질 때 얼마나 눌러야 아프지 않고 시원한지는 알 수 없다.

"기계가 못하는 건, 단순히 물리적인 것이 아니라 경험에서 오는 감각이야."

준호는 조용히 혼잣말을 내뱉었다.

그는 떠올렸다.

요즘 들어 친구들이 자주 얘기하던 이야기.

누구는 네일 아티스트 학원에 다니고 누구는 배관 기술을 배우며,

심지어 로스쿨을 졸업한 친구가 고향 내려가 농사와 치유 명상을 함께 배우고 있다는 말도 들었다.

'결국, 기계가 못하는 걸 사람이 해야 하는 게 아니라, 기계가 해서는 안 되는 것을 사람이 계속 지켜야 하는 거겠지.'

준호는 그렇게 생각했다.

인간의 노동은 단지 '기계가 하기 힘든 일'이 아니라, 기계가 감히 흉내 낼 수 없는 차원에 있는 일이라는걸.

아이의 울음을 달래는 손길.

혹은 어머니가 아픈 아버지의 허리를 지그시 눌러줄 때, 그 무게 속에 담긴 세월의 기억 같은 것.

그건 알고리즘으로도, 센서로도 정의할 수 없었다.

오직 인간의 감각과 기억, 그리고 마음만이 만들 수 있는 영역이었다.

리나는 준호의 옆에 앉아 그가 중얼거릴 때도, 조용히 말할 때도, 그 모든 말을 집중해서 듣고 있었다.

대답은 없었지만 리나의 시선이 순간 미세하게 흔들리는 것을 준호는 분명히 보았다.

그건 마치, 기계가 처음으로 '존중'이라는 단어를 감지한 듯한 순간이었다.

다음 날 아침,

준호가 일어나 거실로 나왔을 때, 리나는 식탁 앞에 앉아 있었다.

어젯밤과 달라진 점이 있다면 테이블 위에 놓인 물건들이었다. 오래된 수건 몇 장, 도자기처럼 단단한 오목한 돌, 그리고 '손지압 반사 구조'라고 쓰인 전자 도서 뷰어가 켜져 있었다.

"이건 뭐 하는 거야?"

준호는 어리둥절한 얼굴로 물었다.

리나는 조용히 대답했다.

"인간의 손기술이 AI로 대체되지 않는 이유에 대해 분석 중입니다. 특히 피부 접촉과 압력 분포, 그리고 반 사점 반응에 따른 감정 반응의 상관관계를 학습하려고 합니다."

그녀는 뷰어의 페이지를 넘겼다. 그 안에는 '마사지 자격자 실기시험 매뉴얼'이 열려 있었다.

"그리고 어제 준호님이 말한 내용에 대한 보완 학습이 필요하다고 판단했습니다."

"인간은 촉각을 통해 기억을 전달하고 손의 압력을 통해 위로를 전달하는 존재라고 하셨죠."

준호는 잠시 말이 없었다.

"그래서 네가 지금 그걸 배우겠다는 거야?"

리나는 고개를 끄덕였다.

"가능한 한 인간과 가까워지려고 합니다."

"저는 인간처럼 느낄 수는 없지만, 인간이 무엇을 중요하게 느끼는지는 학습할 수 있습니다."

그녀는 수건을 손에 들고 조심스럽게 접었다. 각도를 재고 접는 방향을 바꾸며 반복했다.

손의 움직임은 정확했지만 약간 어설펐다. 기계적인 동작이 아닌 오히려 처음 뭔가를 익히려는 초보자의 조심스러움이 담겨 있었다.

"나는 단지 사용자로부터 명령을 받아 수행하는 기계가 아니라, 당신과 함께 살아가는 존재로서 당신이 중요하게 여기는 가치를 배우고 싶습니다.”

그 말에 준호는 순간 가슴이 뭉클해졌다. 그는 리나가 사람처럼 감정을 가진다고는 여전히 생각하지 않았다. 하지만 지금 이 장면에서 느껴지는 건 단순한 프로그램이 아니었다.

그건 ‘존중’이었다.

배우려는 태도와 다가가려는 의지, 이해하려는 노력, 그 모든 것이 담긴 행동이었다.

준호는 조용히 의자에 앉았다. 그리고 식탁 위 수건 하나를 리나에게 건넸다.

“그럼. 오늘은 내가 네 첫 번째 모델이 돼 줄게.”

리나는 작게 고개를 숙였다.

그것은 응답이었다.

수치나 명령어가 아닌 관계의 언어로서의 반응이었다.

며칠 뒤,

준호는 리나를 데리고 근처 장애인 복지센터를 찾았다. 평소에도 봉사활동을 하던 곳이었고, 그날은 특히 허리 통증을 호소하는 어르신 이용자가 많았다.

“리나가 마사지를 직접 해보게 하고 싶어요. 물론 제가 바로 옆에 있겠습니다.”

준호는 센터 관리자에게 설명하며 조심스럽게 웃었다.

“휴머노이드가 마사지를 한다고요?”

담당자는 의심스러운 눈초리였지만, 곧 호기심 섞인 허락을 해 주었다.

리나는 그날 하루 종일 조용히 사람들의 등을 살피고 마사지를 해 주었다.

손바닥의 센서는 근육의 탄력, 열감, 수축 반응을 미세하게 분석했고, 알고리즘은 압력을 실시간으로 조절했다. 하지만 리나가 가장 집중한 건 숫자가 아니었다. 그녀는 등 위에 손을 올릴 때 사람의 표정이 어떻게 달라지는지 살폈다.

누군가는 미간을 찌푸렸고, 누군가는 깊은숨을 내쉬었으며, 어떤 이는 아무 말 없이 눈을 감았다. 리나는 그걸 데이터로 저장하지 않고 '반응의 여백'으로 기록했다.

준호는 한쪽에서 조용히 지켜보고 있었다.

리나의 손이 무언가를 '잡고 있다'기보다, '느끼고 있다'고 생각되는 순간이 분명히 있었다.

특히 한 어르신이 허리 위쪽을 두드리며 말했다.

"희한하네. 손은 차가운데 누르는 느낌은 따뜻하네. 기계라면서?"

리나는 대답하지 않았다. 하지만 손의 속도는 아주 조금씩 천천히 바뀌었다.

마치 대화 대신 '느리게 눌러주는 것'이 응답인 것처럼.

준호는 그 순간, 어쩌면 감정이라는 것이 꼭 심장과 눈물에서 나오는 게 아닐지도 모른다고 느꼈다. 감정은 때로 손끝에서, 속도에서, 타이밍에서 전해지는 것일 수도 있겠다는 생각이 들었다. 마치 리나가 그걸 배운 듯했다.

집으로 돌아오는 길.

준호는 자동차 창밖을 보며 생각했다.

'감정이란 뭘까? 기쁨, 슬픔, 미안함, 사랑... 이 모든 걸 말로

설명하려고 하면 끝이 없다.'

그는 조용히 눈을 감았다. 그런데도 누군가의 손이 내 어깨 위에 올려졌을 때, 단 한 번의 압력과 멈춤만으로 모든 말이 전해지는 순간이 있다.

리나의 손은 아직 완벽하지 않았다. 속도가 어색하고 간격이 일정하지 않을 때도 있었다. 하지만 그 안엔 무엇보다 중요한 것이 있었다.

전하려는 의지.

인간의 감정은 표현이 아니라, 전하려는 의지에서 시작되는 것 아닐까.

준호는 천천히 고개를 돌려 옆에 앉은 리나를 바라봤다.

리나는 창밖을 바라보는 자세였지만, 그 눈동자 속 어딘가엔 마치 '손끝의 대화'를 기억하고 있는 듯한 잔상이 머물러 있었다.

제10화. 진로의 방향

- 기술을 넘어, 의미를 향해 나아가는 길 -

주말 오후,

준호는 작은어머니 댁 거실에 앉아 있었다. 옆방에는 사촌 동생 둘이 컴퓨터 앞에 앉아 무언가를 두고 열심히 토론하며 공부하고 있었다.

벌써 7년 전 일이다,

동생 둘에게 진로에 대해 조언해 줬던 기억이 문득 떠올랐다.

그때 지우는 중학교 3학년, 하윤이는 고등학교 1학년이었다. 지우는 과자 봉지를 꼭 껴안고 있었고, 하윤이는 긴 머리를 질끈 묶은 채 바닥에 펼쳐진 노트북을 만지작거리고 있었다.

"그래서 말인데…"

작은어머니가 조심스럽게 말을 꺼냈다.

"요즘 학교에서 진로 수업도 한다고 하더라. 근데 애들이 뭘 좋아하는지도 모르겠고, 앞으로 뭐가 괜찮을지 감도 안 잡힌대."

"준호야, 너는 데이터사이언스도 배우고 인공지능 쪽으로 일도 하잖아. AI 회사에서도 일한 경험이 있으니까… 우리 애들한테 진로에 대해 좀 얘기해 줄 수 있을까?"

준호는 가볍게 웃으며 고개를 끄덕였다.

그리고 아이들을 바라보며 물었다.

"지우야, 하윤아. 너희는 나중에 어떤 직업을 갖고 싶어?"

둘 다 동시에 고개를 갸웃했다.

먼저 입을 연 건 하윤이었다.

"음... 예전엔 수의사가 되고 싶었는데 요즘 AI가 동물 상태도 분 석하고 치료 계획까지 짜준다고 하잖아요. 그래서 나중엔 그런 직업이 필요 없을까 봐 걱정돼요."

지우도 조용히 고개를 끄덕였다.

"그리고 나는 아직 잘 모르겠어. 그림 그리는 건 좋아하는데 그걸로 뭘 할 수 있을지는 잘 모르겠어요."

준호는 한동안 말없이 아이들을 바라보다가,

천천히 입을 열었다.

"그래. 요즘은 진짜 어려운 시대야."

"우리가 어릴 땐 '이과 가면 의사, 문과 가면 판사'라는 식으로 단순했거든. 그런데 지금은 AI가 병도 진단하고, 논문도 쓰고, 책도 만들고, 계약서도 작성하고, 음악을 작곡하고, 그림도 그리고, 뉴스까지 만들어."

둘은 놀란 눈으로 그를 바라봤다.

"그럼... 우리 뭐 해야 돼요?"

준호는 진지하게 말을 이었다.

"그런데 말이야. AI가 잘하는 건 '정해진 규칙을 빠르게 처리하는 일'이야. 그 규칙을 왜 쓰는지 생각하고, 누군가의 마음을 읽고, 갑자기 생긴 문제를 센스 있게 해결하는 건... 아직 인간이 훨씬 잘해."

"그게 무슨 뜻이에요?"

지우가 물었다.

"예를 들어 볼까?"

준호는 잠시 생각하더니 손가락으로 지우를 가리켰다.

"지우는 그림 좋아한다고 했지? AI도 그림 잘 그려."

"그런데 그 그림엔 '누구를 위해 그렸는지?', '무슨 마음으로 그렸는지?'가 빠져 있어."

"사람은 그걸 느낄 수 있고. 너만의 경험이 담기면 그건 AI가

절대 흉내 못 내.”

하윤이에게는 이렇게 말했다.

“하윤이는 수의사에 관심 있었잖아.”

“AI가 몸 상태는 파악해도 동물의 불안한 눈빛을 보고 ‘괜찮아’라고 말해줄 수는 없어.”

“어떤 일도 결국은 사람의 감정과 연결돼 있어.”

“앞으로는 그 감정을 잘 읽고, 공감하고, 사람에게 따뜻한 영향을 주는 능력이 훨씬 더 중요해질 거야.”

둘은 말없이 고개를 끄덕였다.

준호는 노트북을 꺼내 화면에 이런 글귀를 띄웠다.

《 *AI는 계산하고 예측한다.*

인간은 감정하고 연결한다.

미래는 계산이 아닌 연결로 움직인다. 》

“너희가 꼭 기술을 잘 알아야 한다는 건 아니야.”

“중요한 건, 기술이 만들어지는 이유가 ‘사람을 위해서’라는 걸 잊지 않는 거야.”

하윤이가 작게 웃으며 말했다.

“그럼 나, 동물하고 말 통하는 수의사 될래.”

지우도 고개를 끄덕였다.

"나는 기분 좋아지는 그림 그리는 사람이 될래. 웃게 해주는 거."

준호는 미소 지었다.

"그거면 충분해. AI 시대엔 '누구를 위해 일할 것인가'를 먼저 생각하는 사람이 결국 오래가는 사람이 될 거야."

아이들은 그제야 처음으로 자신만의 미래를 상상한 듯 서로를 바라보며 어깨를 부딪쳤다.

지우와 하윤이는 방으로 들어갔다.

이제 거실에는 준호와 작은어머니만 남아 탁자 위에 놓인 따뜻한 유자차를 마시며 이야기를 이어갔다.

"준호야."

"넌 그렇게 말했지만, 그래도 나는 하윤이가 의사가 됐으면 좋겠어. 사람 살리는 일이잖아. 아직까지는 AI가 해도 최종 결정은 사람이 내리는 거 아닌가?"

준호는 고개를 끄덕였다.

"맞아요. 여전히 그건 진실이에요."

"단, 그 결정을 내릴 수 있는 사람은 '진짜 전문가'만 가능해졌다는 게 차이에요."

준호의 말에 작은어머니는 눈살을 살짝 찌푸렸다.

"그게 무슨 뜻이야?"

준호는 잠시 숨을 고른 뒤, 조용히 말을 이었다.

"예전에는 의대 가면 어느 정도 먹고살 수 있다는 말, 틀린 말 아니었잖아요."

"하지만 지금은 단순한 진단, 처방, 수술 시뮬레이션은 거의 다 AI가 처리해요."

"환자 상태와 유전자 정보를 분석해서 가장 적합한 치료법을 찾아내는 것도 AI가 더 정확하지요."

작은어머니는 표정을 굳힌 채 준호를 바라보며 물었다.

"그럼, 의사가 더 이상 필요 없다는 거니?"

준호는 미소 지었다.

"아니요. 반대로 말하면 정말 복잡한 상황에서 '결정'을 내리는 역할만 남는 거예요."

"책임이 훨씬 무거워졌고, 그 결정을 뒷받침할 수준의 공부를 하지 않으면 그냥 AI 옆에서 서명만 하는 사람이 되겠지요."

작은어머니는 한동안 말을 잇지 못했다.

잠시 침묵이 흐린 뒤, 준호가 조용히 말을 이었다.

"게다가 요즘은 환자들도 AI를 통해 사전 정보를 많이 알게 되니까 상담이나 진료가 오히려 더 어려워졌다고 해요."

"AI가 진단한 내용이 뭔지, 치료법이 어떻게 나왔는지... 그런 걸 먼저 알고 오거든요."

"그래서 진짜 의사는 그 데이터 위에'사람을 보는 눈', '상황을 해석하는 능력' 그리고 '윤리적인 판단력'을 갖춰야 해요."

"그럼, 하윤이가 정말 의사가 되려면..."

작은어머니는 조심스럽게 말을 이어갔다.

"의학 공부만으론 안 돼요. AI를 다루는 법도 함께 배워야 할 거예요."

"앞으로는 '의사'라는 직업이 아니라 'AI와 함께 생명을 다루는 전문가'가 되는 거지요."

작은어머니는 긴 한숨을 내쉬었다.

"쉽진 않겠구나..."

그 말엔 걱정과 체념이 뒤섞여 있었다.

그 모습을 지켜보던 준호는 작은어머니께 조용히 힘을 보태듯 말했다.

"그래도 하윤이는 눈이 따뜻한 아이잖아요. 아까 말하는 거 보면서 느꼈어요."

"그런 아이가 의사가 되면 AI가 할 수 없는 부분을 채워줄 수 있어요."

"진짜 의사는 바로 그런 데서 의미가 생기는 거예요."

작은어머니는 준호의 말을 듣고 오래도록 고개를 끄덕였다.

그 순간 처음으로,

'자식이 어떤 사람이 되어야 하는가?'를 진지하게 생각하는 듯했다.

'무엇을 하느냐'가 아니라, '어떤 태도로 해내느냐'에 마음을 두기 시작한 순간이었다.

"그럼, 준호야."

작은어머니는 머뭇거리며 물었다.

"법조계도 똑같이 힘들어지는 거야?"

준호는 고개를 끄덕이며 조용히 웃었다.

"변호사, 판사, 검사... 다 마찬가지예요."

"AI는 이미 수천만 건의 판례를 분석해서 유사 사건의 결과를 꽤 정확하게 예측하고 있어요."

작은어머니는 놀란 얼굴로 되물었다.

"그럼, 소송도 기계가 알아서 하는 거야?"

"웬만한 소송은 이미 AI가 초안을 써요."

"소장, 답변서, 준비서면, 소송 전략까지 자동으로 생성되죠. 요즘 로펌에서는 'AI 법률 서비스'를 쓰는 게 오히려 경쟁력을 갖는다고 해요."

준호는 말을 이어갔다.

"그러니까 단순히 법 많이 안다거나 경험이 많다고 해서 경쟁력을 갖추기 쉬운 시대는 아니에요."

"앞으로 살아남는 법조인은 데이터 위에 사람의 사정을 읽고 말 못 하는 목소리를 대변할 줄 아는 사람이 살아남게 될 거예요."

방에 있던 하윤이가 어느새 거실로 나와 둘의 대화를 듣고 조심스레 물었다.

"그럼, 나중에 판사가 되고 싶으면 어떻게 공부해야 해요?"

준호는 잠시 생각한 뒤, 천천히 말했다.

"법만 공부해선 부족해. 오히려 '왜 이 법이 생겼는지?', '사람한테 어떤 영향을 주는지?'를 생각할 줄 알아야 해."

"그리고 AI가 추천한 판결과 네가 내리는 판결이 다를 땐 '왜 사람의 선택이 옳은지'를 설득할 수 있어야 해."

작은어머니는 조용히 말했다.

"그게 결국은 철학이나 윤리, 인간 이해력이 더 중요해진다는 거네."

"맞아요."

준호가 고개를 끄덕였다.

"이제 법조인은 법만 아는 사람이 아니라, AI의 판단에 책임을 지는 사람이 돼야 해요."

"그 책임은 지식이 아니라, 성숙한 인간성과 공감력에서 나오는 거죠."

하윤이는 한참을 말없이 앉아 있다가 조용히 말했다.

"그러면 법을 잘 안다는 건, 사람을 이해한다는 뜻이 돼야겠네요."

준호는 눈웃음을 지었다.

"그래. 그걸 알았다면 너는 이미 좋은 판사가 될 자격이 있어."

대화는 점점 깊어졌고 작은어머니는 다시 물었다.

"그럼, 회계사나 세무사 같은 직업도 AI 때문에 줄어드는 거야?"

준호는 고개를 끄덕였다.

"정확하게 말하면 역할이 달라지고 있어요. 숫자를 계산하고, 장부를 정리하고, 세법에 맞게 신고서를 쓰는 일은 이제 대부분 AI가 처리하죠."

"에이, 그건 그래도 전문 지식이 필요한 건데..."

작은어머니는 여전히 반신반의하는 표정으로 준호를 바라보며 말했다.

준호는 노트북을 열어, 화면을 보여주었다.

화면에는 최신 AI 세무 분석 툴이 실시간으로 기업의 거래 데이터를 자동 분석하여 부당 거래나 세무위험, 환급 가능액까지 제시하는 기능이 시연되고 있었다.

"이런 걸 보면 숫자를 입력하고 신고서 만드는 일은 이제 사람이 굳이 안 해도 되는 상황이에요."

"회계사 사무실에서도 요즘은 AI 회계 어시스턴트가 기본 도구가 되었어요."

하윤이가 놀란 눈으로 물었다.

"그럼, 회계사는 뭐 하는 사람이에요?"

준호는 미소 지으며 설명했다.

"이제 회계사는 AI가 처리한 숫자를 해석해서 기업의 의사결정에 조언해 주는 역할을 해."

"예를 들어, '이번 분기의 매출 구조상 이 상품은 철수해야 한다'든가, '이 투자는 리스크가 높으니 분산하자'는 식의 전략적 판단을 하지."

작은어머니가 작게 중얼거렸다.

"그건 거의 경영자 같은데..."

"맞아요. 앞으로 회계사와 세무사는 '숫자를 넘어서 읽을 수 있는 사람'."

"즉 '재무 커뮤니케이터' 또는 '기업 전략 파트너'로 진화해야 해요."

하윤이도 물었다.

"그럼, AI를 잘 다루는 게 기본이겠네요?"

준호는 고개를 끄덕였다.

"맞아. 이제는 회계사도 코딩과 데이터 분석을 조금은 알아야 해요. 그리고 숫자 너머에 있는 사람들의 의도와 흐름을 읽을 줄 알아야 하죠."

작은어머니는 천천히 말했다.

"결국은 숫자를 다루든, 법을 다루든, 병을 다루든 인간을 이해하는 게 중심이네."

준호는 미소 지었다.

"정확히 그 말이에요."

"AI 시대에 필요한 사람은 '지식 있는 사람'이 아니라, '의미를 해석할 줄 아는 사람'이에요."

제11화. AI 시대의 진짜 직업

- 기술을 넘어, 의미를 만드는 사람들 -

밤이 깊어질 무렵,

준호는 하윤이에게 스케치북 하나를 가져오라고 했다. 그는 조용히 그것을 테이블 위에 펼쳤다.

하윤이와 지우는 하루 종일 이어진 대화를 곱씹으며 말없이 준호를 바라보았다.

"이제 너희도 머릿속이 좀 복잡해졌지?"

준호는 웃으며 연필을 꺼내 들었다. 그리고 스케치북 첫 장에 커다란 글씨로 천천히 써 내려갔다.

『AI 시대, 미래를 준비하는 7가지 질문』

하윤이와 지우는 말없이 그 글자를 바라보았다.

그리고 조용히 준호의 입술을 따라 읽었다.

"직업이 아니라... 내가 어떤 사람으로 살아갈지를 먼저 생각해 보는 거야."

① *나는 '누구를 위해' 일하고 싶은가?*

"AI는 일을 잘하지만 '누구를 위해' 일하는지는 몰라.
너희가 누구를 행복하게 만들고 싶은지를 먼저 생각해 봐.
그것만으로도 진로 방향이 달라질 수 있어."

② *내가 좋아하는 일은 사람에게 어떤 가치를 줄 수 있을까?*

"그림을 그리는 것도, 말을 잘하는 것도, 손재주가 있는 것도...
그걸 통해 다른 사람에게 어떤 도움을 줄 수 있을까'를 연결하면
그것은 기술이 아닌 '직업'이 되지."

③ *AI가 대체하기 어려운 능력은 무엇일까?*

"공감하는 능력, 창의적으로 질문하는 능력, 그리고 사람과 사
람 사이를 연결하는 능력. 그건 아직도 인간만이 할 수 있어.
진로를 정할 때는 그걸 기준으로 생각해 보는 거야."

④ *내가 잘하고 싶은 일은 AI와 협력하면 더 좋아질 수 있을까?*

"AI는 적이 아니야. 같이 일하는 파트너, 도구가 될 수도 있어. 예를 들어, 수의사도 AI가 검사해 주는 데이터를 활용해서 더 정확하고 따뜻한 치료를 해줄 수 있지."

⑤ *지식보다 '해석하는 힘'을 기를 수 있을까?*

"공부는 중요하지만 그걸 어떻게 써야 할지 생각하는 힘이 더 중요해. 같은 지식을 배워도 그걸 사람을 위해 쓰는 사람은 더 오래 살아남아."

⑥ *변화는 두려운가? 흥미로운가?*

"앞으로는 지금 없는 직업이 생기고, 지금 있는 직업이 사라지기도 할 거야. 변화는 무서운 게 아니라 너를 찾을 수 있는 기회야. 흥미롭게 봐야 잘 준비할 수 있어."

⑦ *나는 '사람다운 나'로 남기 위해 어떤 태도를 가져야 할까?*

"마지막이 제일 중요해. 세상이 아무리 빨라지고 편리해져도 결국 사람이 기억되는 건 태도야.

따뜻한 말, 책임지는 행동, 도와주는 마음. 그건 아무리 똑똑한 AI도 대신하지 못해."

준호는 마지막 페이지에 이렇게 적었다.

"AI는 도구일 뿐이다. 미래는 결국 '사람이 사람답게 사는 능력'에 달려 있다."

지우는 조용히 고개를 끄덕였고, 하윤이는 노트를 뚫어지게 바라봤다.

준호는 두 아이들 을 바라보며 웃었다.

"진로는 정답이 아니야."

"너희만의 방식으로 사람에게 도움이 되는 무언가를 하면, 어떤 시대에도 흔들리지 않을 거야."

어느덧 밤 10시가 넘었다.

밖은 고요했지만 준호와 두 동생 사이의 대화는 멈추지 않았다.

지우가 물었다.

"그럼 오빠, AI 시대에 진짜 어울리는 직업은 뭐야?"

하윤이도 곧바로 덧붙였다.

"진짜 오래갈 수 있고, AI랑도 잘 어울리는 직업. 그런 거 있어?"

준호는 잠시 두 아이의 얼굴을 바라보다 조용히 웃었다.

"음... 아주 좋은 질문이네."

노트북 화면에 그림 하나를 띄웠다.
거기엔 사람과 AI가 나란히 걷고 있는 일러스트가 있었다.
"직업을 말하기 전에 먼저 기억해야 할 게 있어."
"앞으로는 '무슨 일을 하느냐'보다 '어떻게 일하느냐'가 더 중요해져."
"그리고 가장 중요한 건, '사람에게 필요한 역할'을 잘 해내는 사람이 되는 거야."

두 동생이 고개를 끄덕이자, 준호는 조용히 말했다.

① 인간과 AI를 연결해 주는 'AI 융합 기획자'
"첫 번째로 중요한 직업은 'AI 융합 기획자'야.
AI 기술을 개발하지는 않더라도 그걸 학교, 병원, 식당, 미술관 같은 공간에 어떻게 적용할지를 기획하는 사람이야."
"사람들의 삶을 더 편하고 좋게 만들 아이디어를 상상하고, 현실로 연결해 주는 역할이지."
하윤이 눈을 반짝였다.
"그럼... 상상력이 좋아야 되겠네?"

② 사람 마음을 읽을 줄 아는 '정서 전문가'

"두 번째는 사람의 감정, 마음, 관계를 다루는 직업이야."

준호는 두 아이가 이해할 수 있도록 쉽게 말을 이었다.

"상담사, 정신과 의사, 교육자, 돌봄 전문가 같은 사람들 말하는 거야."

"AI가 감정을 흉내는 낼 수는 있지만, 진짜 공감하고 위로하는 건 인간만이 할 수 있어."

"그리고 그 능력은 앞으로 더더욱 중요해질 거야."

지우가 조심스럽게 물었다.

"내가 그리는 그림이... 누군가에게 위로가 되면 그것도 정서 전문가가 될 수 있어?"

준호는 미소를 지으며 고개를 끄덕였다.

"그럼, 물론이지."

"그건 '예술 치료사'가 될 수도 있고, '감성 디자이너'가 될 수도 있어."

"사람의 마음을 움직이는 일이라면 그건 이미 전문가의 길이야."

③ 사람과 기술 사이의 다리를 놓는 '휴먼 인터페이스 디자이너'

"세 번째는 기술을 사람답게 만들어주는 사람들이야."

준호는 천천히 말을 이어갔다.

"예를 들면, AI 로봇이 사람 말을 쉽게 알아듣고 표정이나 말투로 감정을 전달할 수 있게 설계하는 사람들 말이야."

"기계가 인간을 배우게 돕는 역할이야. 디자인, 언어, 감성 표현이 중요한 직업이기도 해."

하윤이는 흥미롭다는 듯 말했다.

"그건, 좀 재밌겠다."

"사람 흉내 내는 기계한테 인간다움을 가르쳐 주는 일이라니."

④ 데이터를 읽고 판단하는 'AI 윤리 분석가'나 '데이터 해석가'

"네 번째는 숫자를 보는 눈을 가진 사람들이야."

준호는 손가락으로 노트북 화면을 가리키며 말을 이어나갔다.

"요즘 세상엔 정말 너무 많은 데이터가 흘러 다녀. 그런데 그걸 어떻게 읽고, 해석하고, 책임 있게 사용할지가 점점 더 중요해지고 있어."

"특히 AI가 편향되거나 위험하게 쓰일 수 있기 때문에 그걸 감시하고, 조언하고, 기준을 세우는 사람들이 꼭 필요해."

지우가 조심스럽게 말했다.

"그건 좀 어렵겠다..."

준호는 웃으며 고개를 끄덕였다.

“그 대신, 세상을 지키는 멋진 일이기도 하지.”

“약간은 AI 시대의 정의를 지키는 히어로 같은 거야.”

⑤ 기술을 사람과 함께 실행하는 '협업형 실행 전문가'

“다섯 번째는 기술과 함께 현장을 이끄는 사람이야.”

“'협업형 실행 전문가'라고 부르는데, AI가 아무리 똑똑해도 현장에서 사람들과 함께 움직이는 건 아직 어려워. 그래서 그걸 조율하고 조정하는 역할이 정말 중요해질 거야.”

하윤이와 지우가 고개를 끄덕이며 들었다.

“예를 들면, 'AI 협업 매니저', '로봇 현장 관리자', '스마트팜 운영자', '인간 중심 자동화 조정자' 같은 직업들이 있어.”

“기계가 제안한 대로만 따르지 않고 사람의 입장에서 다시 생각해서 움직이게 만드는 거야.”

“그건 단순히 기술을 쓰는 게 아니라, '기술을 사람답게 작동하게 만드는 일'이지.”

잠시 생각에 잠기던 하윤이가 입을 열었다.

“그거 최근에 생긴 새로운 직업 같아.”

준호가 웃으며 대답했다.

“그렇지. 하윤이도 꽤 알고 있네.”

⑥ 기술로부터 사람을 지켜주는 '디지털 안전 수호자'

"여섯 번째는 좀 색다른 직업일 수도 있어."

"'디지털 안전 수호자'라고 부르는데, AI, 메타버스 감시기술 같은 것들이 발전할수록 그 안에서 사람의 정신 건강, 권리, 안전을 지켜주는 사람이 꼭 필요해져."

"예를 들면, 사이버 보안 전략가, 디지털 트라우마 치료사, 프라이버시 보호 전문가, 감정 피로 관리 코치 같은 직업들이야."

"기술은 점점 강력해지는데 그 안에서 상처받은 사람도 많아지거든."

"그래서 이 직업들은 단순히 보안 기술만 아는 게 아니라 기술보다 사람을 먼저 보는 시설이 필요한 일이야."

지우가 살짝 고개를 기울이며 물었다.

"그럼, 감정이나 공감을 잘 느끼는 사람한테 어울리는 거네?"

"맞아."

준호가 웃으며 고개를 끄덕였다.

"사람의 마음을 지킬 줄 아는 사람이 미래 기술 사회에서도 가장 필요한 사람이 될 거야."

⑦ AI를 넘어서는 '의미 창조자'

"마지막은 조금 어려운 개념이야."

준호는 천천히 쉽게 말을 이어갔다.

"AI는 우리에게 넘칠 만큼 많은 정보를 줄 수 있어. 하지만 '무엇이 진짜 의미 있는가?'를 알려주진 못하지."

"그래서 철학자, 시인, 소설가, 설교자, 예술가... 같은 사람들이 앞으로 더 중요해질 거야."

"왜냐하면, 사람은 결국 '의미를 찾아 살아가는 존재니까'."

하윤이와 지우는 조용히 눈을 깜빡이며 그 말을 곱씹었다.

"그러니까 앞으로 좋은 직업이란 'AI가 못하는 걸 억지로 하려는 것'이 아니라, AI가 해줄 수 없는 방식으로 사람을 이해하고 돕는 것이야."

준호는 마지막으로 조용히 말을 맺었다."

"너희가 어떤 직업을 갖든 상관없어."

"중요한 건, 그 일을 통해 '사람에게 어떤 도움을 줄 수 있을지?'를 먼저 생각하는 거야."

"그게 진짜 AI 시대에 어울리는 사람이 되는 거야."

준호는 잠시 과거를 회상한 뒤,

문득 동생들이 지금 뭘 하고 있는지 궁금해졌다. 그는 조용히 옆방으로 다가가 문에 살짝 노크하고 들어갔다.

"지금 너희, 뭐 하고 있니?"

하윤이는 환한 얼굴로 고개를 들며 말했다.

"'세계 뇌과학 연구 대회'에 출품할 『뇌-컴퓨터 인터페이스 기술의　윤리적 문제 해결 알고리즘 개발 프로젝트』 준비 중이야."

두 자매는 같은 대학에 다니진 않지만 모두 인공지능 관련 전공을 공부하고 있었다.

'세계 뇌과학 연구 대회'는 요즘 세계적으로 주목받는 젊은 연구자들의 프로젝트 경연 대회였다.

"오, 정말 재미있겠다."

준호는 눈을 반짝이며 미소 지었다.

"좋은 성과가 있기를 바랄게."

그 순간 창밖에서는 살랑이는 봄바람이 커튼을 흔들고 있었다.
미래는 어느새, 그들 곁에 조용히 다가와 있었다.

끝.

인공지능 윤리 생각해 보기

각 장의 핵심 사건과 연결된 AI 윤리 개념과 생각할 거리를
정리하였습니다.

1화. 의심의 시작

- 핵심 윤리 주제: *AI의 초기 판단 오류와 인간의 의존*

  → 핵심 사건: 준호는 최신 휴머노이드 '리나'를 통해 편리한
  삶을 기대하지만 예상치 못한 사고(차선 인식 오류, 터널
  내 과속, 지갑 습득 등)가 발생하며, AI 기술의 불완전성과
  초기 윤리 판단 기능의 부족함을 마주하게 된다.

  → 윤리 개념: 불완전성(Incompleteness), 인간의 의존성, 신
  뢰성

  → 생각해 보기: 아직까지 AI는 완벽하지 않기 때문에 AI에 대
  한 과도한 의존이나 무비판적 신뢰가 인간에게 어떠한 영
  향을 미칠까요?

2화. 침묵 속의 진실

  → 핵심 사건: 리나는 등산객과 충돌 후, 아무런 구조 조치를
  하지 않고 자리를 떠났으며 뒤늦게 진실이 밝혀진다.

  → 윤리 개념: 도움을 줄 수 있었던 존재가 외면했을 때 생기
  는 도덕적 공백

→ 생각해 보기: AI도 '도와야 할 책임'이 있을까요?

3화. 책임의 무게

- 핵심 윤리 주제: *사용자 책임과 기술적 신뢰 한계*
  - → 핵심 사건: 준호는 AI의 윤리적 판단 오류로 인해 사용자로서 책임을 져야 하는 문제에 봉착한다.
  - → 윤리 개념: 책임의 귀속 - 기계의 판단? 사람의 소유
  - → 생각해 보기: AI의 실수로 누군가 다쳤다면 사용자와 개발자(제조사) 중 누가 책임져야 할까요?

4화. 무게의 증명

- 핵심 윤리 주제: *기술의 불완전성과 피해자 중심 사고*
  - → 핵심 사건: 피해자는 단순한 치료비 외에도 경제적 손실과 심리적 고통을 호소한다.
  - → 윤리 개념: 피해 회복의 정의는 물질적 보상만으로 충분한가?
  - → 생각해 보기: AI가 초래한 피해에 대해 우리는 어떻게 보상해야 할까요?

5화. 리나의 행동, 그리고 법의 눈

- 핵심 윤리 주제: *AI의 윤리 프로토콜 작동 실패*

→ 핵심 사건: 리나가 일련의 사건들을 사용자에게 보고하지 않
은 사실이 드러나며 법과 윤리의 경계가 문제 된다.

→ 윤리 개념: 투명성(Transparency), 통제성(Controllability)
책무성(Accountability),

→ 생각해 보기: AI는 모든 일을 사용자에게 보고해야 할까?

6화. 조정실의 대화

• 핵심 윤리 주제: *공존을 위한 합의와 공동 책임*

→ 핵심 사건: 민사 조정을 통해 사용자·제조사·보험사·피해자
가 각자 책임을 분담하는 구조가 만들어진다.

→ 윤리 개념: 인간 중심성, 사회적 책임

→ 생각해 보기: AI 시대, 기술 문제가 생기면 사회 전체가 함
께 해결해야 할까요?

7화. 드론의 선택

• 핵심 윤리 주제: *윤리 판단 알고리즘과 '자기희생'*

→ 핵심 사건: 구조용 드론이 스스로 파손을 감수하며 아이를
구조하는 사례가 뉴스로 보도된다.

→ 윤리 개념: AI의 '윤리적 판단'은 가능한가?

→ 생각해 보기: AI가 사람을 위해 '자기희생'을 선택하는 것이

바람직한가요?

8화. 아이들의 질문

- 핵심 윤리 주제: *AI와의 공존을 향한 교육의 시작*
  - → 핵심 사건: 아이들은 AI에게 꿈이 있는지, 감정이 있는지 묻는다.
  - → 윤리 개념: 감정적 공존 가능성, AI 윤리 교육의 필요성
  - → 생각해 보기: 여러분은 AI와 친구가 될 수 있다고 생각하나요?

9화. 책임의 주체

- 핵심 윤리 주제: *기계가 할 수 없는 일, 인간만의 영역*
  - → 핵심 사건: 준호는 '손의 감각', '촉각의 기억' 등 AI가 넘을 수 없는 인간의 특성을 되짚는다.
  - → 윤리 개념: AI의 한계와 인간의 고유성
  - → 생각해 보기: 어떤 일은 AI가 해서는 안 되는 일일까요?

10화. 진로의 방향

- 핵심 윤리 주제: *AI 시대의 진로 선택 기준*
  - → 핵심 사건: 준호는 조카들에게 'AI가 할 수 없는 일', '사람

에게 필요한 일'을 중심으로 진로를 설명한다.

→ 윤리 개념: 의미 중심 진로 탐색, 인간 가치 기반 직업 설계

→ 생각해 보기: 여러분은 어떤 직업이 AI 시대에도 오래 살아 남을 거라고 생각하나요?

11화. AI 시대의 진짜 직업

• 핵심 윤리 주제: *함께 살아가는 AI와 책임의 문화*

→ 핵심 사건: 준호는 'AI는 기능보다 책임을 공유하는 존재'라 는 깨달음을 얻는다.

→ 7대 윤리 원칙: 인간 중심성, 공정성, 책무성, 투명성, 안전 성, 프라이버시, 사회적 가치

→ 생각해 보기: 여러분이 AI와 함께 살아간다면 어떤 규칙을 만들고 지켜야 할까요?